JN296788

「ボマルツォのどんぐり」

扉野良人
Tobirano Yosihito

晶文社

ブックデザイン　間奈美子
表紙写真　小川熙

ボマルツォのどんぐり　目次

I

II

I

花さき鳥うたう現実を拾いに——永田助太郎ノート

蜘蛛のように長い腕をひざに置いて、ドングリ眼を上目にぎこちなく挨拶してるような背広姿の男の写真がある。時代遅れのボードビリアンといった風でもあり、細身をさらにウェストで細く引きしぼったストライプの背広が滑稽さを誘う。このスマートな着こなし（?）、昭和十年代にはそれでもモダーンでお洒落だったのだろうか。そんなことを思いながらわたしは『永田助太郎詩集』（近藤東・君本昌久編／蜘蛛出版社／一九七九年）を眺めた。この本の表紙には、彼のポートレートがそのままプリントされている。

十年近く前、古い『詩学』（一九五一年八月号）で、永田助太郎の詩を初めて読んだ。見開き二段組に載ったわずか二篇だったが、その詩にわたしはいっぺんに惹かれた。「死んだ仲間の詩　作品と回想」という特集で、そこには永田のほかに立原道造、野村英夫、逸見猶吉、津村信夫、森川義信、西崎晋、楠田一郎、左川ちか、饒正太郎、牧野虚太郎といった、将来を属目されながら、病や戦争に生命を絶たれた若い詩人の作品が抄録されていた。わたしがとりわけ永田の詩に瞠目したのは、ここに載った他の詩人に気をとめなかったわけではなく、逸見猶吉の「ウルトラマリン」詩篇や津村信夫のことをわたしは好きだし、この特集で教えられた詩人も幾人かいたが、たまたま、どういうわけか永田助太郎の詩に摑まれたように引き込まれた。

愛は
みんなの王様ョ　　みんなの王様
最初に混沌あり
次いで鳩胸の大地と
エロス　エロスうまれたりとナ
オオ　ララ　オオ　ララ
愛は　愛は
たまつたところから
ヨリたまらないところへ流れいること

糸を伝つて流れいる盃の水のやうなら
心をぶちまけてぶちまけて
血をまぜたい　血をまぜてまぜて
奴隷になりたいナ　奴隷になりたい
オオ　ララ　オオ　ララ

愛は　愛は
ギリシア十字形ョ　ギリシヤ十字形
山羊はエニシダのあとを
狼は山羊のあとを
鶴は鋤のあとを
Taro は *Hanako* のあとを
モラルは科学のあとを……
苦役だ　苦役
オオ　ララ　オオ　ララ

愛は　愛は
共同生活ョ　社会生活
相互に見あひ
相互に話しあひ
相互に聞きあひ
相互に触れあふことの
不可能な場合——
double suicide のなんたる *sweet* であるカ
double suicide のなんたる *sweet sweet* であるカ
オオ　墓の中の *double bed* ョ
オオ　墓の中の *social morality* ョ
オオ　*social contract* の *double play* ョ
オオ　ゲマインシャフトは
数ツコナシにまとまればヨイのであるカ
オオ　ゲゼルシャフトは
数ツコナシにまとまればヨイのであるカ

オオ　父権はドコへ行きツツあるカ
オオ　寄ラバ切ルのでなく
オオ　寄ラバ大樹ノ陰であるカ
誇り高き騎士ョ
誇り高き騎士ョ
オオ　ララ　オオ　ララ

「愛は　I」（『詩学』一九五一年八月号より）

永田助太郎の詩は、ユーモラスであり、見ての通り明るく、言葉（音響）の充満のなかに読者を導くようなところがある。「愛」「エロス」という深淵なテーマが、そのまま「鳩胸の大地」に降りそそぐアルカイックな陽射しのように眩しく輝いている。「王様」「血」「奴隷」「エニシダ」「墓」「騎士」など西洋の中世物語に出てくるような語彙に現実味はないが、おとぎ話の風景のように純粋でロマンティックなイメージが覆う。音韻の密度や振幅を調子ある畳句でまくしたてて、強く旋律に響く無作為なまでのメッセージが届いている。横文字の使用も効果的である。「心中」と書けば重く湿っぽくなるのを double suicide とすると新鮮な意味がかもされる。double にはdouble meaning（両義）、double talk（つじつまの合わない話）なども連想できる。「ヨ」「ナ」「カ」とカタカナの語尾で跳ねあがり、とつぜん「オオ　ララ　オオ　ララ」と気がふれたように唄いだすとき、わたしはこの詩人が暗澹とふさぐことに堪えて、痛切に明るくしているように思えた。その明るさが、モダニズムという詩の可能性のなかで、甘美に、清潔に、ラディカルに振るまおうとする、この詩人の複雑な非望を際だたせている。わたしは永田助太郎が気に入るあまり、「オオ　ララ　オオ　ララ」と口遊んで歩くほどだった。

永田助太郎の詩を他に読めないかと思った。永田の友人、近藤東（一九〇四―八八）の回想（同前『詩学』所収）によれば、彼の詩集は『温室』という処女詩集がある他は、直接初出誌にあたらねば読む方途はないのだった。永田助太郎は一九四七（昭和二十二）年、焼酎のメチル禍によって不慮の死を遂げるが、作品をあつめ遺稿詩集を出すのも戦後の混乱期ではおそらく難しかった。彼の饒舌詩体はときどき近しい人のあいだに思い出されはしたが、戦後は長い沈黙が続いたと察せられる。

ところがオオララ、オオララと口遊んだ甲斐あってか、冒頭に書いた『永田助太郎詩集』を、ほどなくわたしは神戸三宮の古書店で見つけることになる。当時からして二十年近く前、蜘蛛出版社などという不思議な名の出版社で彼の詩集が出ていたことに少なからず驚いた。そして永田助太郎についてわたしは語りあえる相手をそのとき持たなかったので、蜘蛛出版社が数少ない理解者のように感じられ、ひとかたならずその出版社にさえも興味を抱いた。

蜘蛛出版社は神戸を拠点に、詩人の君本昌久氏がひとりでやっている出版社だった。一九六一年から三十年以上にわたり、神戸を中心とする京阪神在住の詩人の書を数多く刊行した。詩書と小説、評論、随筆なども含めて刊行点数は百冊以上におよんでいる。そのなかに『楠田一郎詩集』（一九七七）、『永田助太郎詩集』、小島輝正『春山行夫ノート』（一九八〇年）などの戦前のモダニズム詩を追う一連のシリーズが含まれていた。

『永田助太郎詩集』は、没後三十年以上を経て、彼の主だった作品を初めてまとめた詩集であった。代表作となる長篇詩「空間」「時間」も、この詩集で四十年ぶりに全貌をあらわした。永田助太郎の詩集を出そうという出版社がそれまでなかったのは、「空間」「時間」の連作詩篇があまりに多弁で狂熱的なもので、その詩に挑むには出版社としてもかなりの覚悟が求められたのに違いない。

編者であり発行人も兼ねた君本氏が、『永田助太郎詩集』を出版する覚悟の思いを、ルイ・アラゴンの言葉になぞらえていることが印象にのこった。

……お買いになって下さい、あなたたちの魂の劫罰をお買いになってください。要するに破滅しなさい。これは精神の攪乱機です。わたしは最新のトップニュースを公表しているわけです。つまり、新手の悪徳が生まれたのです。これまでにない眩暈が人間に約束されたのです。狂乱と暗闇の子、「シュルレアレスム」がそれです。おはいりなさい、瞬間の王国はここからはじまるのです。

ルイ・アラゴン「パリの神話」(佐藤朔訳/『世界文学全集46』河出書房/一九六二年)

「これまでにない眩暈」を約束する「空間」「時間」の巨篇を前に、君本氏は永田助太郎は「狂乱と暗闇の子」であることは疑いえないと見込み、採算を度外視してでも詩集出版に踏み切ったのだろう。

詩集の表紙に刷られた永田助太郎のポートレートを眺めいると、「お読みになって下さい。どうぞお入りください、瞬間の王国はこちらから」と大道で口上している姿に見える。

*

永田助太郎は一九〇八年(明治四十一)年二月十一日、東京神田佐柄木町(現・神田淡路町、須田町界隈)に銀行員の父、鉄吉と母、倉の長子に生まれた。十九歳まで東京で送るが、一九二七(昭和二)年三月、麻布中学を修了後、肺結核のため同校を中途退学し、十年近く湘南茅ヶ崎に転地療養した。その間、独学で英語を習得し英米文学に(アメリカ・インディアンの口承民話などにも）親しんだ。湘南ですごした間は文学的な交流はほとんどなく、もっぱら読む側に徹したようである。自伝エッセイには新人中堅どころの文壇作家には「多少カブレタ」とある。叔父のスペイン語学者、永田寛定が孤独な助太郎のよき相談役だったようだ。

一九三三（昭和八）年、友人を介してモダニズム詩人の近藤東を知り、彼は書きためた詩を近藤に託し、最初の詩集『温室』をラベ書店から刊行した。二十三、四、五歳ころの作になるモダニズム詩以前の、乾いた抒情性をもつ、孤独にとぎすまされた詩が収録されている。そして、どの詩も十行前後と短い。

その後、近藤との交流が縁で『詩法』（近藤東編集／紀伊國屋書店／一九三四年八月―三五年九月）、『20世紀』（「二十世紀」刊行所／一九三四年十二月―三六年十二月）に詩を発表し、作風は次第にモダニズム詩に接近した。

永田助太郎の詩は一九三七（昭和十二）年五月創刊の『新領土』でピークを迎える。『新領土』の創刊から第二三号（昭和十四年三月号）まで、「空間」「時間」詩篇を、二年近く毎号欠かさず連載し、彼はまったく周囲を顧みない詩的実験に没頭することになる。それは詩行の洪水、言葉により空間、時間を埋めつくさんとするような、ドン・キホーテ的な営為でもあった。

僕をして又してもトンデモナイシャベクリをばタントさせよカシ
僕をして又してもタントさせよカシ
Let me abound in speeches—let me abound!——
publicly polyglot.
ペチャクチャ且つガラガラ
イソガシク（乃至ニギヤカに）
ダッ線するんでアルが——諸君！
僕ノ INTENSION を解スカナ？
僕の仕掛ケをサ
聞クンヂヤヨ！　注意スルンヂヤヨ！　サトルンヂヤヨ！
心ノ MIMI ヲカッポジレ
心ノ MEME ハトヂチマヘ
枕頭にノートを置いてみナ
夜のコズモスがモタラス
DREAM を
メザメのメカニズムで

「時間Ⅲ」（『新領土』昭和十三年二月）

記述してみナ

まず饒舌をもって変幻自在のイメージを言葉に結ばせようとする努力が、彼を詩作に向かわせた。「空間」「時間」詩篇は、およそ三千行におよぶ。この巨篇を手短に説明するなど出来ないが、あえて解説すれば、新聞、広告、街頭など身辺で目に触れた片言隻句をコラージュのように列べたり、冗談とも諷刺ともつかぬ戯言や、饒舌口調の信条告白、また〈時間〉〈空間〉の定義、イデオロギーの表白、会話、演説、絶叫、嘆息、オノマトペの繰りかえし、さまざまな文体、文例の動員。章句のほとんどを英文で綴りこんだり、印刷効果をねらった字体ポイントの強弱、文字の反転など、この詩の示す奔放で騒擾な言葉、声の実験に読者はとまどい、圧倒されることだろう。実験というよりオシャベリ、聞いても聞かれなくてもいいという決然とした態度で永田助太郎はこの長広舌に臨んでいる。

NE ノイトキキノヨロシキ　ソノ NE ノイトキキノヨロシキ　オーナンント　Miss Muse ガ小なまニ見エタ事カ！　小なまニ！　オーナントコピットクヒッパタイテヤッタ事カ！　govt ノ NE モ出ナイマデニヒッパタイテヤッタ事カ！　bang, bang, bang,

bang……オオ　進軍のドラムのゴトキソノ NE ヨ！　オー　進軍のドラムのゴトキソノNE ヨ！　ソハモロクモ血へど吐キタル Miss Muse のトコトンのほんねデあつたヨ！　あるヨ！　あル！
ソハ尻ぐせワルキくつしよんノ
あぷりけノ
ソレでアルなど
タマニハ大掃除ヲヤラカセヤラカセ It is high time to wake out of sleep！（後略）

「時間II」（『新領土』昭和十三年一月）

いまわたしは「空間」「時間」を読んだというより、やっと詩の表面を目で撫でたにすぎないが、そのときの読みようによってラップ・ミュージックの詞のようで、声に朗読すれば異なった趣がある。むしろ、わたしはそのように読んでみたい。自分に向かって「心ノMIMI ヲカツポジレ」と叫んでみたい。

＊

『新領土』が創刊された昭和十二年という年は、七月七日に北京郊外で盧溝橋事件が起こり日中戦争が本格化する発端となった。翌十三年四月には「国民精神総動員法」が公布され挙国体制が敷かれる。永田助太郎の「空間」「時間」は、そうした息苦しい時代の空気のなかで書かれている。

いわゆる日本のモダニズム詩の展開は永田助太郎も含めて、戦争前夜の文学の置かれた事情と深く関わっている。昭和十年前後にはプロレタリア文学はほとんど影をひそめ、ダダやシュルレアリスム以後の西欧アヴァンギャルドの思想、芸術観を志向するものは、社会（世相）から隔絶したところで、より高度に論理追求する方向をとり、とらざるを得なかった。「日本の風土に根ざしたウェットな感性を忌むような気分」を共有する若い詩人たちは「既成の詩的価値の一切を否定して、新しい詩的秩序の創出」（鮎川信夫「虚太郎考」／『牧野虚太郎詩集』〔国文社／一九七八年〕）を目指した。外（社会）への眼をつむることで見られた「過激な夢」は、彼らにウルトラ・モダニズムを促し、「わかる」「わからない」のレベルを超える難解な（にみえる）作品への傾斜を押しすすめたのである。

戦前のモダニズム詩運動のなかで『新領土』は、北園克衛の『VOU』（一九三五年七月―四〇年一〇月―戦後復刊／VOU発行所）とともに最後の担い手として記憶されている。同誌は『詩法』、『20世紀』の終刊を受け、双方に属した同人が中心となり、先にも記したが一九三七年五月に創刊された。主な寄稿者に上田保、春山行夫、近藤東、村野四郎、江間章子、大島博光、小林義雄、饒正太郎、奈切哲夫、亜騎保、永田助太郎、楠田一郎、そしてもっとも若い同人に、戦後詩をリードした「荒地」グループの中心となる鮎川信夫、田村隆一、中桐雅夫、三好豊一郎らが参加している。誌名はイギリスのマイケル・ロバーツ、C・D・ルイス、S・スペンダー、W・H・オーデンといったヨーロッパの切迫した社会情勢を憂慮し、社会批評や革命的内容を強めた若い詩人たちニュー・カントリー派(一九三三年に出版された詩と散文のアンソロジー集“New Country”に基づく)に由来する。『新領土』誌上では、ニュー・カントリー派をふくむ同時代の欧米文学の新しい動向が盛んに翻訳、紹介された。しかし、『新領土』自体は、社会に対する危機意識や政治的態度を主だって表明することはなく、むしろ多彩で新鮮な文芸思潮を手際よくならべたところがある。時局に対してそつがなかったといえばそうで、太平洋戦争が始まる七カ月前、一九四一(昭和十六)年五月号を最後に通巻四十八冊をもって終刊する。

いま手許に一九三七、三八(昭和十二、十三)年の『新領土』が五冊あって、この詩誌がどのような雰囲気を持っていたのか、ある程度の想像がつく。その一冊に近藤東の書いた後記が、この雑誌の置かれた立場をよく示していた。

現実の強烈さに抵抗する姿勢は諷刺的方法にあるが、それも不安定な状態に到つたならば、作者の意見は、意見として作品の中から姿を消す必要があらう。このこと自身は現実に対する作者の敗北ではない。新しい戦術であり、新しい文学方法である。

近藤東「後記」（『新領土』昭和十二年十一月号）

読むほどに奇妙な文章である。ここには『新領土』のあるべき理念が、時局に照らして不都合があれば主張として誌面から消す必要があると言っているように聞こえる。外の目に触れる前の自己検閲をせよというのだろうか。それが苛酷な現実に対し『新領土』誌が取った「新しい戦術」「新しい文学方法」なら、その消極性には無力感とともに、一種生きるための真空状態を作りだしているのかもしれない。「不穏なただならぬ気配は、危機意識と不安感を徐々に濃くしていったが、ゆく先をしかと見通すことはできなかった。現在はいつも渦中にある」（三好豊一郎「〈黒い歌〉のエスプリ」）、そのなかで覚醒しているために、自身を消去するということはひとつのラディカルな方法だった。しかし、それは、鮎川信夫の指摘する、次のような事態でもある。

言うまでもなくボディが欠けていたモダニストたちは、積極的にも消極的にも戦争協力に向くわけがなく、かれらの知性も良心も、一片の木の葉のように吹きとばされてしまつたわけです。かれらの知性は、当時の不合理な社会にむかつて抗議しつつも、自らの精神の拠りどころとなる信念を見出すことができませんでした。そして、かれらの良心は、ひたすら〈便乗的〉になることを恐れていたようです。永田助太郎が反語的に「むしろ、どしどし便乗するぐらいの気概がなくちやあいかん」と言ったのを覚えています。

鮎川信夫「われわれの心にとつて詩とは何であるか」

(『詩と詩論 No.2』[荒地出版社/一九四五年] 所収)

永田助太郎は『新領土』の創刊時から編集スタッフとして入っていたので、このモダニズム詩の雑誌がどのような理念を保ち、また世の情勢にどう対処していくか内側の目で知っていただろう。にもかかわらず「空間」「時間」詩篇は、周囲を顧みずにやけっぱちで発語しつづけるような、存在を消去するどころか、徒手空拳で世界に挑んでいるような姿勢がある。それがモダニズムの理念とどう繫がるのかは判らないが、「便乗的」になるまいと隠れ蓑をかぶるようなことはしなかった。

VOICE H:今や文学の既成概念をウッチヤツて、根底から疑つて見る時だ。時代的圧力社会的圧力による疑ひだから身をあやまる事はない。如何に大胆にふるまつても謙虚さ自然さを失はない。現代を生きると云ふ事実を進んで証明し得るものは、この実験場を措いてない。現代に足りないものは冷静な理智でも景気のいい合言葉でもなく、時代の不安に徹した暖かい眼だ。暖かい心眼だ。真の個性の詩はその後に来る。

「時間VI」(『新領土』昭和十三年五月)

ひとつ前の「VOICE G」に「文学にも底流とぽちやぽちや波立つ部分のあるのを忘れない方がよかろう」というフレーズがある。つまりそれは、底流では現代に自分が生きているという事実を、どう考えれば良いかを忙しく意識している。だが、その上層のぽちゃぽちゃ波立つ部分では自分を取りかこむ「文化景物」的なレトリックがプカプカ浮かんでたゆたっている。じつは多くのモダニストが、ぽちゃぽちゃ部分のレトリックで満足してしまったのではないか。自分を消去するというのもひとつのレトリックで、結局は自分を特別あつかいにする欺瞞がふくまれる。永田助太郎はこの底流とぽちゃぽちゃ部分を相互に往還することにより、自分と自分を取り巻く現実を引きうける人間性(暖かい心眼)を保とうとした。

*

「新領土」は、戦前においてすでに第一次世界大戦後のヨーロッパの新文学の空気を存分に吸つていたし、いわば〈戦後〉に対する予備知識めいたものがあつたことも確かである。／しかし、それらの予備知識が、どれほど役に立つたかということは、戦前と戦後をつなぐ恐るべき時期の、われわれの経験によつて測定されなければならない。この点になると残念ながら、楠田一郎と永田助太郎とかいう詩人の仕事は生きのこり得ても、「新領土」が生き残つたといえる証拠は、一つも発見することが出来ないのである。

鮎川信夫「詩人への報告」（『荒地詩集1954』［荒地出版社］所収）

『新領土』同人のもっとも若い一人だった鮎川信夫は、のちに『荒地』の運動として戦後詩を出発したとき、戦争前夜のモダニズム詩の運動に対して、その当時の自身もふくめてほとんど否定的だった。にもかかわらず、永田助太郎の仕事が生きのこるとしたのには、十九歳の鮎川が永田助太郎の「空間」「時間」を論じる「近代詩について」（『る・ばる』二二輯／一九四〇年四月）まで遡ることができる。そのなかで鮎川は、永田助太郎の詩は「私的な言葉」ではなく「公衆の言葉をもって私の世界を表現してゆくようなところがある」と述べる。「公衆の言葉」とは「逼迫した社会的な事象に改革的な直截な精神をもって、時間、空間の中に現れた現象を具体的、人間的に把握することが可能なる言葉」（「近代詩について」）だという。「公衆の言葉」とは「社会化された私の言葉」、すなわち本当の意味で「モダニズムの言葉」だと解せる。

戦後の『荒地』を率いた鮎川はじめ、北村太郎、田村隆一、中桐雅夫、三好豊一郎らのほとんどがモダニズム詩の洗礼を受けながら、戦争が深まるなかで「言葉だけの奢侈」（鮎川同前）によっては現実を覆いきれず、人間の精神の危機に直面してみて、はじめてそれと見合う詩意識をつかんだのだった。「荒地」の詩人たちはモダニズム詩の解体（あるいは自壊）過程を敏感に受けとめ、モダニズムを拒絶するにせよ、内向させるにせよ、その起点は、あらがえず戦争前夜のモダニズム詩のなかにあったと言える。だから『荒地』の詩運動が、モダニズム詩を否定したうえに成立したというのは、必ずしも正確ではない。

くりかえすけれど十九歳の鮎川は、永田助太郎の詩がモダニズム詩に新しい価値を与え、その基礎となるものだと評し、彼がなし得なかった仕事の先に「われわれの出発」点を置かねばならないと、ひとまわり年長の詩人にエールを送り、誰より一目を置いた。

後年、田村隆一が飯島耕一との対談のなかで「まあぼくの会ったなかで、死んだ人だけど、永田助太郎ってのは今でも会いたいね。」（田村隆一×飯島耕一「余技としての文学」）と呟いている。さらに「若い時はなぜいいかわからない。だけど、まずその印象の通りなんだ」と言うのは永田の詩を読んでの印象が、というのだろう。永田助太郎の人柄と饒舌な詩の印象が重なることは、既にわたしもそのポートレートから想像していた。

古い日本映画も観たっけ、伊丹万作、山中貞雄。また「ノバ」にひきかえす。髪の毛のフサフサした、フラノのかえズボンをはいたおしゃれな三好豊一郎が区役所勤めの帰りにいるかもしれない。日本橋大伝馬町一丁目一番地、金パク屋の若旦那の竹内がいるかもしれない。夜がきて、階下の酒場から山高帽をかぶった藤川のダミ声がきこえてくる。「ノバ」から、電車通りを渡って「ナルシス」へ行ってみる。三輪とアプサンののみくらべだ。七杯で停戦。『新領土』の連中がなだれこんでくる。カケスのような顔をした永田助太郎が哄笑する。鮎川が便所のわきの小部屋でまっ赤な顔をして倒れている。中桐がいつの間にか入ってきて……

田村隆一「英吉利よりもとほく亜米利加よりもとほく」
(『若い荒地』思潮社/一九六八年)

飯島耕一が永田助太郎について「戦前の新宿のフルーツパーラ、ないし文学青年たちのバーのにおいのするダダ」(『シュルレアリスムよ、さらば』小沢書店/一九八〇)と言った。ここに描かれた戦争前夜の詩人たちの姿は、若くて都会的でエピキュリアンで、リベラルだがニヒルでもあるような、まさにモダニズムの青春群像である。彼等は、文学理念と混沌たる現実のあいだを揺れ動くなかで、アナーキーなグルーヴ感を共有していた。その場所も時代と同じく頽廃的でうす暗いのだが、不思議と一群の周りには、ほの明るい光が射しこんでいるように思える。彼らがモダニズム詩人だったからというのではなく、もっと広い意味で生きられたモダニズムのありようを、彼らの透明な青春は映しだしているように感じる。

*

数年前、永田助太郎の「空間」「時間」以降の詩を収めた『現代詩人集IV』（山雅房／昭和十五年）を古本市で見つけたときは嬉しかった。蜘蛛出版社の『永田助太郎詩集』の表紙に刷られたポートレートは、このアンソロジー詩集の扉ページに挿まれたものである。立川鴻三郎という人が撮影した。そして次のような永田の自作解題が附されている。

〈意味〉がはたらきをもち、〈意味〉が人の声として力をもち、人の行為のうらうちとなる時、〈意味〉は意味そのものではなくなる。詩の世界において〈意味〉が意味そのものである時、それは所謂意味のない意味にほかならない。それは命題自体のごとく真でも偽でもない。僕はその意味のない意味を『空間』、『時間』によって止揚した。現在は

『作用』によって〈意味〉にはたらきをあたへ、力をあたへ、生命をあたへる。

「作用抄」序（『現代詩人集IV』）

詩が「公衆の言葉」、「社会化された私の言葉」となるとき、それはもう「詩」ではなくなっている。「空間」、「時間」の詩的実験は「詩」の限界を見定めることだった。それに続く詩を、永田は「作用」と位置づけることで「意味」を回復し、「詩」にはたらきと力と生命を与えようとしている。

「作用抄」には「愛は／みんなの王様ョ」にはじまる「愛は」全編が入っていた。わたしの読んだものでは「I」だけの再録だったので、全篇に初めて目を通した。『永田助太郎詩集』に「愛は」はなぜか未収録だった。

「愛はII」は、唐突に「**戦争詩**（**昭和一三年一〇月二六日丸ノ内蚕糸会館にて**）」と題する作中詩が挿入される。「**情熱は呼び覚まされ●戦闘**」と始まり「千万のニクシミを／千万の愛に！」と終わる、戦意昂揚詩と言ってもおかしくない詩行が太ゴシックで示されている。

編者の君本氏が「愛は」を選から落としたのは、永田助太郎の戦争に触れた詩を取りあつかいかねたのかもしれない。『永田助太郎詩集』が刊行された当時は、戦争に便乗するような記述への風当たりが強かったとも察する。ちょっとしたことでクレームがつけられ、出版事業に支障がでることも考えられたのではないだろうか。
確かに「愛は」に挿入される「戦争詩」はどんなメッセージが込められているにせよ、少々露骨なところがある。諷刺やユーモアにも至っていない。それゆえか「戦争詩」と題し、しかも太ゴシックで作中挿入詩にした意図は、戦意昂揚にふくれあがる世情を、永田助太郎なりに切りとりだした即物描写にも見える。だが、それが本当にそういうことなのかはわからない。「作用抄」には『永田助太郎詩集』に未収録の詩がいくつかある。それは、どれも時局に便乗した部分の含まれる詩であった。では、それらを戦争詩という理由から安易に斬り捨てるのなら、次のような一節を含んだ詩を『永田詩集』が取りあげているのはどういう訳だろう。君本氏は永田助太郎の戦争詩について触れなかった。いや触れられなかったのか。永田はトオタリタリアニズム（全体主義）を肯定する。

然し諸君諸君　諸君はよろしく全体的立場に立て
西欧の分離主義　ソノまたカブレた東洋の分離主義をやめてやめて
よろしく諸君は普遍的全体的立場に立てよ　立て
トオタリタリアニズムは
全体的立場の西欧的一噴火にすぎぬョ　すぎぬ

全体的立場は洋の東西を問はず普遍であるゾ

「インタアメッゾオ」(『新領土』昭和十五年十月)

「あらゆるtotalitarianismと戦わなければ、個人の自由はけっして生きることができない」(『鮎川信夫戦中手記』後記〔思潮社/一九六五年〕)と鮎川は戦前の自分たちの詩的青春をふり返り書いているが、この永田の詩を、彼はどのように読んだのか、戦後ふり返ったときどう読むだろう。永田助太郎の仕事を戦後に引き継ぎ検証され得るものとして評価しながら、その詩についてなぜか鮎川は多くを語っていないのも、わたしはものたりなさを覚える。

永田助太郎は戦争が深まるなかで、実際に戦地へ赴くことはなかったが、戦争のもたらす経験を、「沈黙」や「死」に葬り去るのではなく、生きていかねばならないと思う先に選んだのは、やはり「詩」のなかへ足を踏みいれること。「ポエジー」を求めること、それだけしか彼には残されていなかった。

宇宙に没入するあの河か……孤独を破らんとするこの孤独。思考は永遠に交流する。
それの沈殿物がポエジイか。

「光線I」(『新領土』昭和十三年六月号)

「愛は」の詩を読むと、わたしは永田助太郎の痛切さが身に染みてくるのには変わりない。「作用抄」の詩篇は、それを読み通すと、「空間」「時間」の饒舌詩体の先で刻々と変化し、絶え絶えに書かれた、ポエジーの「一粒の麦もし地に落ちて死なずば」という思いが込められているような気がしてくる。

神の子は人間のためにすべてを許す　愛する
神の子は人間としてすべての人間を許す　愛する
神の子はおのれをも許し
神の子はひとをも許し
神の子はすべてを愛する
神の子は生きてゐる現実である
神の子は無限に生きてゐる現実である
神の子は永遠に生きてゐる現実である
神の子は無限に永遠に生きて
花さき鳥うたふ現実を捨て

花さき鳥うたふ現実を拾ふ

「神の子は」(5,1940)

これは「作用抄」の最後に収められた、その末尾の部分である（『永田助太郎詩集』には未収録）。

「神の子は」のあとまもなく、じつは先のトオタリタリアニズム肯定の「インタアメッゾオ」を発表して、永田助太郎は詩を沈黙する。沈黙はいつまでもなりやまないインタアメッゾオ、無音の間奏としてなのか。

＊

「花さき鳥うたふ現実」を拾いに、わたしはこの後、永田助太郎の足痕を『温室』の初期詩篇へと、ゆっくり歩みを戻したいと考える。

追・永田助太郎が「インタアメッゾオ」以降も詩を沈黙せず詩をのこしていることをその後、知り得た。昭和十八（一九四三）年十月刊の『辻詩集』には当時の主だった詩人、二百八名が参加し、愛国詩を寄せたが、永田も「わが艨艟」という一篇を発表している。また、昭和十六（一九四一）年十二月刊の『戦争と詩特輯　現代詩研究第一輯』（山雅房）は未見なので詳述はできないが、詩と詩論のアンソロジーとして永田が編纂者の一人に加わっている。彼は「英吉利戦争詩人」という文章を寄せ、W・H・オーデンについて多くペンを割いたと、『永田助太郎詩集』の君本昌久氏の解説は触れている。

寺島珠雄さんの振れ幅

いま『武田麟太郎全集・第三巻』（昭和二十三年／六興出版部）の付箋をした頁をひらくと、次のような一節を私がチェックしたのがわかる。

路地の奥を突き抜けると、木柵があつて南海鉄道のレールが走つてゐ、ずつと遠く天王寺公園に当つて、エッフエル塔のイルミネションが、暗い空に光を投げてゐる。

「釜ヶ崎」

偶然だが、これと同じ箇所を寺島珠雄さんは『私の大阪地図』（一九七七年／たいまつ社）のなかで引いていた。それには、寺島さんがはじめて通天閣を目にしたときのことが書かれている。昭和三十八（一九六三）年春、天王寺駅に降りたった寺島さんは、通天閣を見つけると観光的な興味より、まずあそこまで行けばそのむこうに釜ヶ崎があるのだと考えたそうだ。寺島さんは東京の家をでるとき、武リンの『釜ヶ崎』もいっしょに持ってきていて、きっと車中で読みかえし、さまざまな人間がふきだまる場末に身を沈めることの思いを確認したにちがいない。

通天閣は明治四十五（一九一二）年、新世界がルナパークという娯楽街として作られたとき建てられ、戦時中解体されたが、昭和三十一（一九五六）年再建された。武田麟太郎の「釜ヶ崎」は昭和八年の発表なので、作中でてくるのは初代通天閣である。寺島さんがはじめて見た通天閣はもちろん二代目であった。私が付箋をしたのは、通天閣に興味があったからで、それは作品内容とはべつにただ「事実」をひろったにすぎない。だから、その箇所を寺島さんが引用した思いと、私の関心とは別の方向を向いているけれど、ひとつの「事実」に寺島さんと私が交差したことを、すこし強調してみたかった。

『私の大阪地図』は寺島さんが東京をはなれて大阪暮らしをはじめたころのさまざまな思い出（という言葉は不適切かもしれない）が記されている。大阪に来たばかりの寺島さんは飯場から飯場へという労務者暮らしをしていた。

武田麟太郎の「釜ヶ崎」は底辺を指向する寺島さんをとらえてはなさない、ある意味ロマンティックな枠だった。理想ではその枠をなくしてしまうことだが、それを完全になくせない自分の甘さを寺島さんは見つめる。

飯場でつきあう人からマジメだと一目おかれていたのが、あるとき娯楽雑誌に「エロチックミステリー」を書いていたのがばれて思わず狼狽する。それはエロチックミステリーを書いていたことが恥ずかしいのでなく「小説書こうと博士論文書こうと……お前はしかし、真面目そうやのにスゴイこと書いとるのう。ま、ほかの者には言わんことにするわ。その方がエエのやろ」と、ピシャリ見透かされたように言われることがむしろ寺島さんにはこたえるのだった。

過去は自分の意識にこそ歴然としていて、しゃべらねば一応はゼロに等しい。先のことはわからぬが私はそういう生活になるべく長く自分を置きたいと思っていたのである。自閉自罰。能うならばいつかそのままの状態での死――。

寺島さんは、釜ヶ崎での暮らしから、そこに身をしずめる自分を、ひとまず「死」ではない生かし方があるのだと、釜ヶ崎の現実を呼吸するものとしての、それは寺島さんが好んで使う「低人」という場所から「詩というか文学というか、言葉にすればキザでしかないもの」に再会したのである。そしてそこから、あの南天堂への思いがすでに顔をのぞかせていたことを、この本の「あとがき」を読めば知れる。

(詩というか文学というか…)私がそんなものに魅惑された原初である辻潤の時代、一般通用的には南天堂時代と称される頃からの、私にとっての詩人たちの生をたどるのに現在の関心を集中させている。言いかえればそれは、転々し点々するわが行程へのつながりを生まれる前のその時代の振幅に求めることで、だから生きている限り終わらないという確実な保証がある。

ここから出発して寺島さんは『南天堂』(一九九九年/皓星社)を最後に遺した。それは寺島さんの精神形成をさかのぼり、その私的な原点を探るものとして書かれている。

でも、じつを言うと『南天堂』を読んで、私はこの寺島さんの畢生の大著と呼ばれるもののむこうに、二十二年前の「あとがき」に語った寺島さんの地点を、うまく捉えることができなかった。『南天堂』を読むあいだ、そのおもしろさに引き込まれる半面、ずっとなにか異和感をこらえるように読まねばならなかったのである。

『南天堂』のなかで寺島さんが何度もひく古い年表がある。その年表は昭和二十年八月十日三版発行の『最新日本歴史年表(増訂版)』で、昭和十八年までのかなり細かい歴史事項が記されている。そして年表の表現は「天皇が現人神《あらひとがみ》時代の文章」であり「そんな時代色を読んでもらいたい引用」として使われるのだ。寺島さんがその年表を愛用するのは、細かい事項を記載していることのほか、おそらく「南天堂」の歴史背景として寺島さんのなまな実感に添うものがあるからだろう。

寺島さんの詩に「かぞえ十六からの乱読の振れ幅。」(「総武線S駅で」『あとでみる地図』／一九八二年／VAN書房)という一節がある。寺島さんの生き方は、すべて数え十六歳にはじまる読書体験によって方向づけられ規定されてきたのだった。その原初点には辻潤があり大杉栄があったのは言うまでもない。すべてはその点からはじまる運動の振れ幅のなかで捉えられてきたし、そのことに寺島さんは生涯忠実であった。

『南天堂』でわざわざ戦前の年表を使ったのは、南天堂をつつむ時間と自分が生きてきた時間を同じ地平のなかで進行するものと捉える必要が寺島さんにはあったからである。戦後の地平からさかのぼって捉える時間では尺度があわない。その精神形成を戦時下ですごした寺島さんは、戦後という時間においても、数え十六にはじまる振幅のなかで独自のパースペクティブをもって生きた。『南天堂』を読んで感じた異和感とは、寺島さんのパースペクティブの中に私自身がうまく立つことができないためで、それは私が戦後の遠近法を持つ地平に生きるからなのだろう。

『私の大阪地図』の「あとがき」を書いた前の日、寺島さんは大阪にやってきた東京の親友と通天閣に昇り、そのあと大いに飲んだそうだ。寺島さんが数え十五歳ごろ、辻潤のすぐ前に読んだアルツィバーシェフの『最後の一線』という本は、いまは東大の教授だという彼が貸してくれた。

ふたりのかぞえ十五歳の少年が、数十年を経て通天閣に昇り、下界を眺めている光景。彼らはなにを指さして見ているのか。振幅というものは、その波形が0になるという一瞬がある。私は、いま、振幅0の一瞬を、そんなありふれた光景として思い浮べてみる。

自分たちが生きる場所を眺めおろすときの快感のひとつは、やがて自分たちがそこに帰っていくことの確認にある。ロラン・バルトは通天閣のモデルとなったエッフェル塔について「無限に流動する意味を混ぜ合わせる、巨大な人間の夢の出発点」と語ったけれど、誰もがある時点において、振幅0から出発したのであれば、きわめて世俗なところからではあるが、いやだからこそ私もその場所に立つものの一人になることはできるだろう。

辻潤と浅草

寺門静軒という儒者はご存じか。儒者だから「ジモン」と読んでみたくなるが、「テラカド」と読む。

辻潤は、静軒の著した『江戸繁昌記』を愛読していた。高橋新吉の『倭人辻潤』という文章に、そうある。

寺門静軒の名を、ぼくはおぼろに記憶に留めていたのは「正岡容《いるる》がよく研究した」と、詩人の岩佐東一郎の文にあったからだ。

そこで、寺門静軒とはどういう人物かと『冨山房国民百科大辞典』を牽《ひ》いてみた。——この辞典、昭和十一年の刊行である。最後の巻の背に「ほんあみ〜ん」とあるのが可笑しい——。

さて、「ジモン」と牽き見つからず、「テラカド」であると判明した。

てらかどせいけん［寺門静軒］／幕末ノ随筆家。儒者。名、良。字、士温。通称、彌五左衛門。静軒ハ其号。又、克己ト号。江戸ノ人。勝春ノ子。母ハ田中氏、寛政八生。幼時孤トナリ、長ジテ磊落俊邁、家道ガ衰ヘタノデ、志ヲ改メテ書ヲ読ミ、田口某ニ学ビ、又、山本緑陰ニ寄食シテ作詩ヲ学ンダ。後、四方ヲ周遊、文政年間江戸ニ帰リ、戯ニ《江戸繁昌記》ヲ著シ忌諱ニ触レテ江戸ヲ逐ハレ、剃髪自ラ無用ノ人トイッタ。後、新潟ニ遊ビ《新潟繁昌記》ヲ著シ、明治元、二月二四日没（七三）著書ハ他ニ静軒一家言・静軒漫筆・江頭百咏・静軒文鈔等。［1796／1868］

なるほど、辻潤が好きなのもうなずける。

静軒は儒者とは言えど、堅苦しい人でなかったと見える。自堕落な暮らしぶりにこれじゃいかんと、「克己」と号したのか。

『江戸繁昌記』は、俗体の漢文で、天保年間の江戸市中にあった、相撲・吉原・劇場《しばい》・千人会《とみくじ》・楊花・両国煙火・混堂などの、当時の風俗が満載されている。「文章俗体なるが故に、よく世俗を記すことが出来、又漢文なるが故に、俗を記しても卑猥に流れなかつた所に一種の趣致を存する」（『日本文学大辞典』一九三二／新潮社）のだそうだ。たしかに「楊花」と書き、「をんなだいふ」と読ませたり、「混堂」を「ゆや」と言うなど風趣がある。

静軒の死んだ十六年後の明治十七（一八八四）年十月四日、辻潤は浅草で生まれた。祖父の代は浅草蔵前で札差《ふださし》を営んでいた。生粋の江戸っ子。

彼に、どういう原風景があったのか。


今ではあまり見かけないが、僕の少年時代には――つまり明治二十年代の話だ――絵草紙屋と云ふものが沢山あつて其処には少年少女の好奇心をつるやうな色々な絵草紙や千代紙や赤本を売つてゐたものだ。今なら雑誌屋だがしかしその感じはまるで比較にはならない。

僕は絵草紙の中でも一番好きなのは御面の絵とオバケの絵であつた。

「お化けに凝った」（『浮浪漫語　辻潤集1』近代社／一九五四年）

辻潤は幼いころほど記憶が鮮明だと言っている。

辻とは五歳年少の久保田万太郎に『浅草記』（生活社／一九四三年）という回想録がある。これを読むと、辻潤の幼ない日とも重なって来そうだ。

たとえば、広小路には六つの横町があった。「源水横町」「大風呂横町」「松田の横町」「でんぼん横町」「ちんやの横町」「名のない横町」と。その横町たちには、さらに細々とした露地がたくさんあり、見世物の木戸番、活動写真の技師、仕事師、夜見世の道具屋、袋物の職人、安桂庵、そういった人が住んでいた。江戸前とハイカラとが混在する露地露地を子どもの辻潤や万太郎は目玉をクリクリさせて通り抜けていたに違いない。

「新しさ」と「古さ」の交錯する浅草。

誰でも自分の生まれた郷土を愛さないものはないだらう、さうして郷土から生まれた美しい習慣や風俗を軽蔑するものはあるまい。僕等が物心を覚えてからでも、かなり多くの美しい風俗が次第に失なはれてきたのは甚だ不快である。僕は伝統主義者ではないが、自分だけの好悪からいつてみても、耐えられなく腹が立つてくるのだ。かうなるとなまじ少しばかりの物が残存してゐる方が惨めで眼ざはりになつてくるのだ。それを大切に保護して自然のままに育ててゆくと云ふやうな気持ちは何処をみまわしてもないやうだ。いつそキレイさつぱりと打ち壊してしまつた方が余程セイセイする。

「文学以外」(『ですぺら 辻潤集2』近代社/一九五四年)

辻潤が郷愁を覚えたのは江戸だった。浅草だった。けれど、江戸は遠くになりにけり、いつまでも郷愁にすがっていても仕方ない。彼は、新しいものを求めた。どこに。

倫動《ロンドン》の鉄橋は霓《にじ》より長く、巴黎《パリス》の宮殿は雲より高し、魯西亜《ロシア》の大将、怒つて而して兵卒の髭を抜き、伊太利《イタリヤ》の婦人臥して而して洋犬の口を吸ふ。米利堅《メリケン》の火事を買ひ来つて之を売り、日耶曼《ゼルマン》戦争を包み去つて之を開く。……蒸気車山に上り、軽気球空に飛ぶ。坐して奇望峯を望む可く、臥して地中海に臨む可し。……世界の新奇を写し万国の風俗を模し、一目世界を巡るが如く……。

服部撫松著『東京新繁昌記』

やっぱり浅草なのだ。これは『東京新繁昌記』中、「西洋眼鏡」の章。明治初年の浅草の見世物興業、鏡室の覗きカラクリの情景を誌《しる》したところ。『東京新繁昌記』は『江戸繁昌記』の影響を受けた、その明治版である。

江戸は幕を閉じ、東京となったが、浅草はいつも新しい。寝転んだまま、世界を一周する。「渋屋」を「ペイント塗工」に、「一ぜんめし」を「和洋食堂」に、「御膳じるこ」を「アイスクリーム、曹達水」と看板を塗りかえ、うち晴れた空に赤い蝙蝠傘を目じるしとする洋傘屋があらわれる。

子どもの辻潤が目のあたりにした文明開化の浅草は、その後三十八歳にして出逢うダダの予兆。

ダダ派の芸術を見たり、聴いたりしたければ浅草公園へ行けばそれでいい。僕は現代人で、現代の浅草が好きだ、ダダになる筈だ。

「あぴぱッち」(『ですぺら 辻潤集2』)

無駄と、手数と、落ちつきと、親しさと、信仰のない浅草は、辻潤の原風景だった。

一人称単数カモイヨウコ

いつだったか教室で、美術雑誌を横で繰っていた女性が、アウトサイダーの特集だったと思うが、女の作家の作品のところにくると「これ、わかる、この感じ」と言いながら、ページをめくるたびにでてくる女の絵ばかりに共感をしめしていた。そのときわたしは、なにか女性だけが共有する、ある感じ、があるのだろうけど、素通りされた男の絵がちょっとあわれに思えた。

「ふーん」とわたしはうなずいて隣の女性の「わかる感じ」はなんとなく判ってみせたが、あなたの「判る」は所詮男の頭で理解しているだけじゃないの、と言われているみたいで「わかる、わかる」と言っていた彼女のそれとは違うらしかった。どれだけ自分が女性の感覚を持ってるかなんて、どうやっても保証できないが、わたしはわたしのなかの女性の感覚を信じている。しかし、女になりきる事はない。鴨居羊子のことを考えはじめて、わたしはふとこんな体験を思いだしたのだった。

鴨居羊子は戦後の復興も始まったばかりの大阪に新聞記者として出発をした。まわりにはデカダンな生きざまをみせる記者たちがいた。新聞社は発行部数も知れた夕刊紙であり、ときには政治部の記者として大阪駅のプラットフォームで重光葵をインタビューすることもあった。彼女のつくる記事は時の政治家の、そのスーツの着こなしや彼がただよわせるムードにまで筆がおよんでいる。政治家の服装やおしゃれを記事に書いてもゆるされるおおらかさがある小さな夕刊紙だった。というより、鴨居のそうした視線を記事に生かしてくれる眼力が編集長にはあったのだろう。そんな日々の仕事がひけると、こんどは男の記者にくっついて呑みにいく。男も女も対等につきあい、能力だけがものをいった世界に鴨居羊子は生きた。

ふと男たちを見まわすと、それは女とは違った動物であるにもかかわらず、女の私の言葉がよく通じ合って応えてくれるのが、急に不思議な気がするときがある。ほんとに通じているかどうか？　私が勝手に通じたと一人合点しているのかもしれない。

『わたしは驢馬に乗って下着をうりにゆきたい』（三一書房／一九七三年）

そこには、男のなかにいて、はじめて自分が女であることを意識せずにはいられない鴨居羊子がいる。鴨居はつねにこの孤独のなかにしか自分を見いだせないでいた。この孤独につきあたるとき彼女は、この社会で女はなにを身にまとうべきかを考えるのであった。

大阪は男の論理が支配的な街である。もっとも大阪が現実主義、リアリズムの街であるのだから、おのずとそうなることは仕方あるまい。しかし、こうした論理は四角四面なものではなく健康な合理精神に根ざしている。新聞記者でさえ通勤電車の中で「もうかりまっか」とあいさつされることがある。この「もうかりまっか」には微妙なニュアンスがあり、現実主義から言えば新聞もまた営利事業であるのだし、同じ地平で生きているもの同士のへりくだりも何もないフェアプレイの確認でもある。東京とくらべて大阪では新聞記者の信用が厚く、たとえば家を借りるのでも家主は安心して貸したというから、ある意味で大阪は成熟した大人の街なのかもしれない。新聞記者として鴨居羊子の先輩であった山崎豊子は、大阪商人の人間性の面白さや、いやらしさ、凄さについて次のように言っている。

古くさいようで妙に新しい合理精神を持ち、ビジネス イズ ビジネスの合理精神かと思えば、飄々として俳味をもったユーモアがあり、そのユーモアの中に一流の哲学と勘をもっているというのが、大阪商人の風貌といえましょう。

『暖簾』あとがき（創元社／一九五七年）

鴨居羊子が下着屋として大阪商人のなかに身を投じたとき、こうした精神の土壌がなければ成功はしなかっただろう。大阪人の利殖の賢さとはひどく誤解を受けやすいものであるが、その底には山崎豊子の言ったような性格が流れている。鴨居は大阪商人のかかる精神をみこして、ひとつの賭けに出たというわけだ。そしてそれはひとまず受け入れられたのだといえる。しかし、そんな鴨居羊子にとって、始終かわされる「もうかりまっか」はどのように聞こえたであろう。こんな対話が残されている。相手は藤本義一であった。

藤本「ことしは。もうかる?」
鴨居「(あっさりと)もうかりますよ。」
藤本「東京に対してあまり関心はないですか。あんなもん、町ではない?」(中略)
鴨居「うん、しかし感覚的じゃないね、大阪は。やっぱり、東京のほうが新しいですよ。だいたい新しいものはもうからないんです。半歩下がったぐらいのものがもうかる。大阪は半歩さがってるんですよ。」

『週刊読売』(一九七二年四月一日号)

鴨居羊子は藤本から彼女のデザインした下着を「作品」と呼ばれて、それを「商品」と訂正させている。どこか頑なに、大阪人特有のふてぶてしさがある藤本義一を前にして、鴨居羊子はなにかを懸命に信じる少女を思わせる。

私は大阪人の感覚が苦手になるときがたまにある。テレビでいつか吉本のタレントが現代美術かなにかを見て「わてらにはワカリマヘン」と言った。「わてら」の「ら」とは鴨居羊子が大阪商人、あるいはすべての社会に対して、いつも感じていた半歩のズレなのかもしれない。鴨居羊子が思い描く商人像は一人称単数で商談をする。「下着デザイナー」「女社長」「画家」「エッセイスト」あらゆる呼称で彼女は呼ばれた。けれど、鴨居羊子はそのどれにも当てはまらない裸の女からいつもはじめたのだった。

着もしない服がアレコレあるばっかりに、着ることに思いわずらって私の人生がまずしくなる。全部燃やしてしまって、さていま何が着たいか？　からやり直さねばならない。

『わたしは驢馬に乗って下着をうりにゆきたい』

渡辺武信——ある建築家の住居論

「ぼくぁ幸せだなぁ」と加山雄三が言うのと渡辺武信さんが言うのとは、同じ言葉でも違ってると、感覚では判っても説明しようとすると難しい。どちらがいいとか悪いとかではなく、また加山雄三と渡辺武信さんの「幸せ」が区別されるわけでもない。誰も「ぼくぁ幸せだなぁ」とはなかなか言いきることはできない。「幸せ」ということに、ある人はなにか後ろめたさを感じるだろう。また疑いなく言えてしまえる人はおめでたく見える。たとえば思想的な課題をいだく人など「幸せ」「快適」「気分がいい」ということに眉をひそめるかもしれない。そのいっぽう「ぼくぁ幸せだなぁ」と言うことはなんで悪いの？　みんなそう願ってるじゃない、と言われると口をつぐんでしまう。これはひとむかしまえまで確かにあった「幸せ」の構図だろう。

渡辺武信さんが「ぼくぁ幸せだなぁ」とほんとうにそう言ってるわけではないが、そう言ってるように感じられる、屈託のなさが渡辺武信さんにはあった。ある時期、それは学園紛争が白熱化した時代だが、渡辺武信さんは頻繁に「快楽」という言葉をもちいることでなにかを言いあらわそうとしていた。当時は思想的に苦悩を生きることがひとつのステータスであり、そのなかで「快楽」を主張することは（正確に言えば「快楽」の所在を確かめることは）、どこか生っちょろくて顰蹙をかったにちがいない。事実、渡辺武信さんへの手厳しい批判、意図的な無視はあった。でも「ぼくぁ幸せだなぁ」という俗に見える言い方をして、世の大多数の人が「幸せっていいね」と疑いなく支持するのとほとんど区別のつかないかたちで、痛切に「ぼくぁ幸せだなぁ」と言おうとしていたのが渡辺武信さんだったと思う。それはやはり渡辺武信さんなりの「戦い」であったのかもしれない。しかし、そうした苦悩する時代がおわってみると、「苦悩」は流行らなくなり「快楽の行方」はますます見えにくいものになった。だけれど「苦悩」が帰属するものを失って無言のうちに衰弱してしまったのに対し、「快楽」はその後のマス文化、サブカルチャーの圧倒的勢力のなかに溶暗しながら、かろうじていまの私たちにとどいた。

でも、いま「ぼくぁ幸せだなぁ」と言う人はどこにもいない。「幸せ」でも「不幸」でもなく、まるで永遠の休暇を送ってでもいるかのように私たちは「快楽」に浸りきってしまったかにみえ、「幸せ」「不幸せ」のヴィジョンもないまま果たして私たちにどのような問いがのこされているのだろう。

広すぎるシーツの海から
救命艇のように確実に
浮び上がるちいさな食卓
陽射をうけて整列する
みがかれた見事な食器たち

ぼくたちのみじかい休暇に
苦痛はいつも
問いの形をして
ゆっくりとやってくる

「休暇」(『首都の休暇・抄』思潮社　一九六九年)

空想の選択――「黄色い本」と「空想家とシナリオ」

高野文子のまんが「黄色い本　ジャック・チボーという名の友人」（『黄色い本　ジャック・チボーという名の友人』〔講談社／二〇〇二年二月〕所収）を読んでほどなく、中野重治の小説「空想家とシナリオ」を読んだとき、この二作品になにか共通したものを感じた。その印象をもとにある雑誌へ『黄色い本』の書評を寄せた（雑誌が休刊してしまい、結局発表にはいたらなかった）が、いまでは、「黄色い本」のほうが、「空想家とシナリオ」の一部分に似ていると言い直したほうがよいのではと考えるところがある。それは「黄色い本」より「空想家とシナリオ」のほうが広い世界を持っているといえそうだからなのだが、そのような単純な図式になることを小説とまんがという表現形想の違いが許すだろうか。

「ジャック・チボーという名の友人」との傍題をもつ「黄色い本」は、ロジェ・マルタン・

デュ・ガールの『チボー家の人々』（山内義雄訳、白水社／一九五六年初版）を題材にした作品である。コマいっぱいに本のページの明朝体の活字を縦、横、斜めに羅列したカットが随所にはさまれているが、それは原テキストのたくみな引用ともなっており、奥付を描いた一コマには「一九六六年五月一〇日三八版発行」と見える。物語はそのころの雪深い一地方の、卒業してメリヤス産業に就職しようかと考えている田家実地子という名の高校生が主人公である。彼女は図書館で借りた『チボー家の人々』の作中人物ジャック・チボーと接することで「生活の勇気」とでもいうべきものを得た。「生活の勇気」とは中野重治の「空想家とシナリオ」のなかにでてくる言葉だが、「黄色い本」とこの小説が通じあうと感じたのは、人はなにによって勇気づけられるかというテーマである。

「正しいかは、問題じゃない／抵抗できる思想が必要なんだ」。このような引用がなされた一コマを、『チボー家の人々』がよく読まれたであろう一九六六年以後数年の日本の世相と照らして読むことはできる、むしろそれは易しい。しかし高野文子はこの作品を、けっしてレトロスペクティブな文学的なものにしていない。「黄色い本」は絵の持つのびのびとした感触に伴われて、主人公の得た「生活の勇気」から、さらに「頑なでいることの勇気」を私たちに教える。

「空想家とシナリオ」は、東京市の区役所で戸籍係をする車善六といういつもとりとめもない空想をしている男が、郷里の母から父の病状が篤いとの報せを受けて、帰郷の路銀を捻出するために、以前友人から薦められていた教育映画のシナリオ執筆を引き受けるという話である。彼はシナリオのテーマを「本と人生」あるいは「書物と人間」と定める。もちまえの空想癖で内容構想はどんどん膨らむが、結局それを書きあぐねてしまう。そもそも彼はシナリオの書き方をよく知っていない。しかし、彼の空想はとどまるところがない。

> 一冊づつの本が、鳥がつばさをひろげたやうにして空中へ舞ひ上がつてまた舞ひ下がるのが見えて来た。それは舞ひ下がるにしたがつて自分で重なり、かうして十本あまりの本の塔が段々に高まつて行つた。……最後に三本の塔がせり合ひになる。するとそれらの塔の一番上の本が──まだその上へそれぞれ舞ひ下りて来る本があるのであるが、一旦寝た奴がひらりと縦に起き上がり、それぞれちがつた印刷面を見せたかと思ふと、またばたりと元のやうに重なつて寝てしまふ。……今起きあがつてまた寝た本の印刷面によれば、三つの塔は、ドイツ、日本、ソヴェート連邦である。塔の高さは、世界各国の書物出版部数数をあらわすのである。
>
> 「空想家とシナリオ」

舞い下りてくる本にはこんなアニメーションを子供のころ見たような懐かしさがある。善六の空想は映画映像のようなイメージが次から次へと浮かんでは消えることを繰りかえす。そして、これがなにより小説の言葉で書かれている。

彼の生活、戸籍謄本や抄本をくり返し書く仕事は「何ら創造の苦痛もない」。善六は創造の苦痛のなさが苦痛だと感じている。しかし、「創造の苦痛」とは言わないまでも、単調な戸籍係の生活のなかで、空想を逞しくするほど彼はとりとめもなく自由でいられるのだった。

車善六が「生活の勇気」を得る場面もまた映像的である。一介の戸籍係を「正真正銘のアカーキイ・アカーキエヴイッチ・パシマチキンではないか？」と嘆くような彼が勤めの行き帰り目にする露天時計があった。それは彼に「生活の勇気」を与える存在だった。新宿駅構内の何十本とある線路のわきに立つその時計は、高いポールの上に盤面をもち、裏表両面から見ることができるのだが、柱は屋根よりも高く電車はずっと下を走っていて、また乗客目当てに設置されたにはプラットホームなどからはかなり離れている。その本来の目的を善六は知らなかったのだが、彼はそれを毎日見ることを日課とした。

この時計については、善六の知る限りどんな詩人もまだ歌つたことがない。どんな小説家も小説のなかで描いたことがない。そのため善六は、その時計が何時計と呼ばれてゐるのか実のところは知らぬのである。だがその時計のことを考へることは、いつの間にか生活の勇気を与へるやうにさへ彼にはなつてゐる。……（新宿駅の）西口上屋の下をくぐり、上が甲州街道になつてゐる大陸橋の下をくぐり、まだ駅構内はつづいてゐるものの、単純な乗客にはいよいよ車が駅を出離れたと思はれる辺の露盤の砂利のなかに独りで立つてゐるのである。

「空想家とシナリオ」

善六は「駅構内で働く人々にだけ明瞭に正面から読みとられる」その時計を彼女と呼びかけることで、空想する。

電車の疾走に伴ふあらゆる騒音、地ひびき、汽車の煙、あらゆる種類の汽笛などが彼女をおびやかしてゐる。時には煤煙のなびきが、彼女の白い盤面を完全にかくすことさへもなくはない。その時の彼女は、両手をしばられた人がするやうに、その白い顔を煙をよけようとして右左へもがき振るかのやうでさへある。雨の日も風の日も、彼女はそこにさうやつて立つて、夜となく昼となく特定の人々に時刻を知らしてゐる。かういふ時計について、善六が一度として聴いたことがないといふことは、世間の人が完全にその存在に気づいてゐぬといふことであらう。

「空想家とシナリオ」

ここで中野重治はこの露天時計に日本共産党への内なる思いを秘かに表明していると、この小説の書かれた背景を知る人は気がつくだろう。「空想家とシナリオ」は一九三九（昭和十四）年に執筆された。中野の年譜によると、彼は一九三二（昭和七）年四月、三度目の逮捕を受け長期拘留となり二年後三四（昭和九）年、日本共産党員であったことを認め、運動から身を引くことを約束し、求刑四年、懲役二年執行猶予五年の判決を受けて即日出所をする。出所後、執筆を開始するがその言論弾圧下で書かれたのが「村の家」（一九三五年）、「汽車の罐焚き」（三七年）、「空想家とシナリオ」（三九年）などの諸作品であった。こうした背景を念頭にいれて、「空想家とシナリオ」を読めば、中野重治は車善六の空想を借り、この露天時計の描写に彼が日本共産党への思いを表したと読むことは容易である。

この場面で、車善六の「うつらうつら」とした空想はグッとまじめに引きしまった、小説のなかでもっとも緊張したピークをなしている。それまで、車善六の空想は空想のまま無限に浮かんでは消えるものとして描かれていた。それは書き手のこころも一緒になってわくわく楽しくする空想であっただろう。しかし、中野は善六の空想を借りることによって、彼の内なる「日本共産党」への思いを託したとき、善六の空想はどこに飛んで消えていくか判らないものではなくなっている。

露天時計の描写は、読者である私たちにも「生活の勇気」を与えてくれる、この作品のなかで忘れられない場面である。そして中野重治にとっては、露天時計に象徴される日本共産党がそこにあるということ、それが弾圧下に生きねばならなかった彼、車善六であるところの中野重治を勇気づけている。生活の勇気を得るということはすなわち、それが善いと思えるなにかを信じて頑なでいることの勇気である。さらに、読者を勇気づけるのもその頑なさなのである。

高野文子の「黄色い本」を中野重治が、いや車善六が読んだとしたらこれこそ「本と人生」というテーマにふさわしいシナリオだと喜んだのではないかと思われ、わたしの気持ちも楽しくなる。

「黄色い本」は五章からなる。主人公、田家実地子は彼女の高校最後の年、『チボー家の人々』を図書館で借りて読みはじめる。黄色い本とは、その白水社から出ていた全五巻のシリーズがくすんだ黄色の装幀をしていることに由来する。いまそれが手許にあるが9ポ二段で組まれ一巻が三百数十頁もある。

実地子はいつもいつも黄色い本を読んでいる。友だちが「いっつも読んでるすけさあこの黄色い本」とたずねると、彼女は「同じでねえよ2巻目だもん」と答える。「チボー家」は彼女を夢中にし、その作品世界、とりわけジャック・チボーは身近な存在として彼女の日常に浸透していく。

長袖から半袖となり、ふたたび長袖に腕をとおす季節と日常の移ろいとともに物語は読みすすめられる。物語を読み終えるころ、彼女はセーターを着ていて、卒業を目前に就職を考えるが、不安はない。彼女は読み終えた最後の巻を図書館に返すとき、厳しい現実に帰らねばならないと、物語の世界へ別れを告げる。田家実地子は、そこで信じるものを持って物語を去らねばならない。それはジャックたちとの次のような会話のやりとりで描かれる。

実地子「だけどまもなく／お別れしなくてはなりません」
ジャック「極東の人／どちらへ？」
実地子「仕事へ／仕事につかなくてはなりません」

一同「それはそれは」「なるほど」
実地子「衣服に関する／仕事をします／……たぶん」「服の下に着る物を作ります」「これからの新しい活動的な」
一同「ふむ、それは重要だ」「たしかに」「なるほど」
実地子「革命とはやや離れますが」「気持ちは持ち続けます」
一同「成功をいのるぜ」「若いの！」

「黄色い本〈五、帰国〉」

ネームだけを取りだせばプロレタリア演劇のようにも見えるこの場面で、実地子は自分に信念を置くことによって、彼女の個性は消えても生活のなかで必ず生かされると信じている。それは中野重治が「素朴ということ」（昭和三年）と題された文で「僕のひとり考へでは、仕事の価値はそれがどこまでそれを取り囲む人間生活の中に生き返るかにある。／例へば我々が論文を書くとする。その場合その論文が重要な当面性を持つてゐればゐるほど、論文を書いた当人にとつては、その論文自身が不用になつてしまふことが大切なのだ」と言っていることに通じる。そのことによって彼女は彼女を導いてくれた「ジャック・チボーという名の友人」との別れを告げている。

そして場面が変わって父と彼女との会話。実地子は物置の屋根の上で「エピローグ」を読んでいる。父は庭にでて何か作業をしながら彼女に声をかける。

父「実ッコ」「その本買うか?」
実地子「ええ?」
父「注文せば良いんだ/五冊買いますすけ取り寄せてください言うて」
実地子「いいよう/もう読み終わるもん、ほら」
父「好きな本を/一生持ってるのもいいもんだと/俺は/思うがな」……「実ッコ/本はな/いっぺえ読め」

「黄色い本〈五、帰国〉」

実地子は読み終えた本を図書館へ返す。彼女の背にむけて「いつでも来てくれたまえ/メーゾン・ラフィットへ」と、彼女のなかのジャックの声がささやかれる。

それは、もしいつか彼女が厳しい現実生活に破れても、いつでも待っているよ、と言っているようだ。

高野文子の絵ののびのびとした筆致には、「空想家とシナリオ」で中野の筆をついて書かれたというべき空想が広がる場面と同質の魅力がある。また、まんがという表現の自由さは、「黄色い本」から私が読み取ったテーマである「頑なでいることの勇気」の重さを隠しオブラートしているが、読後、時間が経つにつれテーマのもつ重さはかすかな息苦しさとして次第に露頭してきている。一方、「空想家とシナリオ」には同質の息苦しさがあっても、それを解きほぐす作品全体の緩さがある。

「黄色い本」では、「空想家とシナリオ」で車善六が「生活の勇気」を得る、もっとも緊張感ある小説のピークと同質の感触が全体を貫いている。しかし「空想家とシナリオ」は、そのピークをふくむこの小説全体に、もっと自由なそれ以外の感触があって、読後、時間がたつにつれてそれはせりあがってきた。似ていると感じた二つの作品の印象が、このような違いとして訪れている。

田家実地子もまた、車善六と同じ空想家には違いない。また創造の苦痛を伴う仕事につくことを願っていることでもふたりは似通っているのだが、大きく違うところもある。まだ現実と衝突していない彼女と、現実に衝突し受身姿勢にならざるを得ない彼。いまや車善六は創造の苦痛がないという苦境で喘いでいる。「仕事の価値はそれがどこまでそれを取り囲む人間生活の中に生き返」らせることができるかが、彼にとって「芸術的抵抗」だと言えた。

しかし、強権下そうした創造の苦痛を伴って「自由」を獲得することは許されない地点から中野重治は「空想家とシナリオ」を書かねばならなかった。

田家実地子は現実に衝突すれば、創造の苦痛によって乗り越える力、自分の信念、正しさを頑なに信じるだけの勇気をもっている。彼女は信念の疑いのなさゆえ、物語を読み夢見ることに別れを告げねばならなかった。車善六は現実の衝突に抵抗すべき革命も思想ももはや手足を縛られた人質のように奪われてしまっている。そんな彼に自由を与えるのは実は頑なでいることの「勇気」などではなく、彼が現実逃避として手にいれた、とりとめもない空想のほうにあるのではないか。

蝙蝠飛ぶ柳の下にタルホとハルオは出逢ったのか

終戦の年、多摩川に沿う稲田堤の農家の二階を、稲垣足穂と梅崎春生があい前後して間借りしたことはどれほど知られているだろう。稲田堤は東京西郊、南武線と京王相模原線と路線がクロスしたところに駅があり、地図で確かめると、調布市と接し、多摩川をはさんで川崎市多摩区に菅稲田堤の地名がみえる。堤のほぼ対岸に京王閣競輪場。そういえば、つげ義春の「石を売る」に描かれた河原は稲田堤あたりらしい。

昭和十九年十一月、足穂は応徴し、鶴見海岸のヂーゼル自動車工業鶴見製造所に勤務した。はじめ牛込横寺町から通ったが、翌年四月に住まい一帯が空襲で罹災し、池上徳持町にいた「会社の恩人」波多江某方に身を寄せた。そこで足穂がくるまった寝具が、そのころ通信科の二等兵曹として九州の陸上基地を転々としていた梅崎春生の持ちもので、彼が召集を受けたときの身の廻り品を友人の波多江某が預かったものだった。足穂と春生——タルホとハルオ、音では似ている——はまだ面識なく、さきんじて夜具のぬくもりで隣人となった。

六月に入ると僕は波多江と共に疎開工場がある登戸へ引越して、稲田堤の農家に間借りした。この家の主人が僕をいかに遇したかは、梅崎が彼の初期作品中に書き入れている。『ライクロフトの手記』の主人公のいわゆる「思い出すたびに全身がわなわなと震える」それほどではなかったにしても、僕は先方にとって「憫笑に値する痴呆の、着た切り雀」だったのだから、ギッシングのそれとは遠くない。梅崎は池上徳持町の波多江の寓居から応召したが、稲田堤の農家の二階へ、僕とは入れ代りに復員してきたからだ。

「わが庵は都のたつみ——」(『東京遁走曲』昭森社／一九七三年)

梅崎春生の初期作品集とは『飢ゑの季節』(大日本雄弁会講談社／一九四八年)、表題作「飢ゑの季節」に足穂はイニシャルで、憫笑される「小説家T・I氏」として登場する。

私はまだその頃T・I氏に面識はなかつたが、あるじの話によればおそろしく生活力の乏しい人間であるらしかつた。とにかく夏冬を通じてよれよれの国民服一着しか持たず、ちょこちょことそこらを歩き廻り、話すことと言ったら訳の判らないことや間の抜けた話ばかりだといふことだつた。［……］私は、天文学のかけらが散らばつたやうなT・I氏の幻想にみちた小説を思ひうかべながら、あわてて相槌をうつて、そのついでにまた手を芋の方に伸す。ときにはあるじと一緒になつてT・I氏を憫笑したりするのであつた。やはりひとかけらの芋のために、私は芸術家のたましひも売りわたしてしまつたものらしかつた。

「あの人はね、飯食ふのが早すぎるよ。チョコチョコチョコチョコと三杯も四杯もたべて、そしてぷいと立って行くんだよ。飯といふものはね、やはりゆつくり食べてこそ味が出るもんだね。」

T・I氏がなぜこの農家を出たのか、それについてはあるじは口をつぐんで語らなかった［……］

梅崎春生「飢ゑの季節」

「飢え」をテーマに、梅崎の食べることへの関心と、足穂の無関心ぶりがおもしろい。かつて横寺町の墓畔の部屋で、足穂は木乃伊さながらカーテンにくるまり茣蓙をかぶって七日間の絶食レコードを作ったというのだから（「世界の厳」）、おそらく食うことに執着、興味のない人だった。後年、『アサヒグラフ』巻末の著名文化人の食卓をカラー写真で紹介する「わが家の夕めし」欄に登場したときも（一九七一年四月九日号）食への無関心は変わりない。足穂は志代夫人と手にジョッキを傾け、テーブルにはビール壜、栓抜き、ハイライトとマッチ、ガラスの灰皿がのるのみで、「今まで自分は何を食べてきたのか、何を食べたいと思っているのか、一向に覚えがない」とのたまった。足穂にとって食べ物は、口に入れると煙とともに世界が変容する卵、星の粉でできたパン、ほうきぼしのはいったチョコレット、と実体はあるようでないものだ。地上での足穂が落とし紙の悪いのを火であぶって醬油をサッとひくと「ちょいといけるよ」と言ったエピソードはおくとして、「又あの日、林檎だったか饅頭だったか、その味は未だに忘れられぬうまいものを二つ食わせてくれたR・Tは、その後一年経って忽焉と逝ってしまった」（「世界の厳」）と、味と友人の死が結ばれるなど、味覚と死とは雰囲気として通底する現象で、林檎や饅頭のような有形のものは、足穂の思考の枠から外されている。そうした足穂の無形の味方に対し、梅崎春生の味方は有形のそれへとむかうことが多い。おおかた人間の空腹に由来する妄想が現世的、実際的であるように（はたして飢餓とはどんな体験か）、そのリアリティーが梅崎文学の資質の一端ともなっている。

「俺ならチョコチョコチョコチョコと飯を食はないで、ゆつくりと食つて見せるんだがなあ！」（「飢ゑの季節」）。

ふたりの年譜をつきあわせると、足穂は稲田堤の農家を二カ月ばかりで断られ、横浜弘明《ぐみょう》寺《じ》へ移り、八月終戦のころ自動車工業の雪ヶ谷寮に転居した。梅崎は復員し、九月に上京、物品をあずけた波多江某の行方をさがしあて、足穂の出たあとの稲田堤の農家に転がりこむ。彼の戦後第一作となる「桜島」は、ここで構想された。

「まだその頃T・I氏に面識はなかった」としても、足穂と春生がほどなく出会ったとすれば、新宿あたりの焼け跡にできた酒場であろう。けれど、春生が足穂の姿を、それ以前に目撃したことはじゅうぶんありうることだ。

戦争で酒が不足になったころ、梅崎はまだ酒が安く飲めた横寺町の飯塚酒場に毎晩のように行列したと書いている。足穂もそのころ週二回、カソリックの公教要理の勉強に通う一方、飯塚の行列にも並んでいた。ふたりは気づかずとも、同じ行列中にいたのは、ふつうに考えられそうだ。

飯塚酒場は徳川時代からつづいた酒醸造兼、居酒屋で、飯田橋から神楽坂上を左にまがった横寺町に、その店は大きく構えられていた（裏手には同名の質屋もかねた）。

飯塚酒場はがつしりした建物で、梁や柱も太い材木が使つてあり、総体にすすけて黒くなつてゐた。窓がすくないので、内はうす暗かつた。入口にかかつた「官許どぶろく」といふ看板も、黒くすすけて、文字の部分だけが風化しないで浮き上つてゐる。店から更に奥の土間に踏みこむと、そこに大きな掘抜き井戸があつて、その水でどぶろくがつくられてゐたのだ。

梅崎春生「飯塚酒場」

酒場はいつも賑わい、無名の画家や文士が労働者と肩を接して安酒にひたり談論風発し、三十年来の定連に、酒好きで貧乏で詩を作る他に芸も職もなかった児玉花外もいた。花外は昭和十八年、板橋の養老院で寂しく息をひきとったが、のこった多額の借金が有耶無耶になったのは、飯塚の主人の理解があったようだ。「春の夜の宴会《さかもり》に／人と倒るる亡骸《なきがら》の／ビールの罎や、耀きし／ホヤのこはれも買ひませう／冥府《よみ》の使者《つかい》の声の如」（児玉花外「空壜買」『社会主義詩集』一九〇三年、発禁）、飯塚酒場には明治の光がまだ仄かに射していた。足穂は、横寺町に昭和十二年の転居来、ここが「応接間となり、又、思索部屋」（「わが庵は都のたつみ――」）だった。

袂の底に四円なにがしかを確めてから、飯塚縄のれんを潜る。このケヤキの大板の卓に向っていっしょに坐ったH、また隣席にあった幾人が、あわただしく三日見ぬまに帰らぬ深淵へ吸い込まれて行ったことだろう。

稲垣足穂「幼きイエズスの春に」

ケヤキの大板にひじをつき杯をかたむけながら、足穂のほうをだまって横目でみている隣人が、若き梅崎春生だという光景も、ときにはあったろうか。

戦時末期の物資不足は酒飲みを「何故酒を飲むか。そこに酒がなかったから」という心境に追いやり、東京中から少しでも安くたくさん飲もうという連中が飯塚酒場に蝟集し、多いとき行列は千名を超す状態となった。酒場の横丁の塀越しに、大きな柳の木が一本あり「夏の夕方などには、そこらに蝙蝠がひらひらと飛んだ」(「飯塚酒場」)、行列はその柳を目印に、一杯の酒にむかって行進した。

店が夕方五時に開店して先頭の何十人かが店に入り、行列がその分の人数を詰める動きが最後部につたわらないうち、先頭グループでいち早くどぶろくを飲み干したものがトップをきって末尾目指して疾走してくる。「皆そろつて傾いた格好で走つてくる。均整のとれた正常な走り方をする者はほとんどゐない。たいてい右か左に傾いて、マラソンの最終コースの走者みたいに走つてくる」(「飯塚酒場」)。梅崎も照れながら「行列の視線を逆にしごいて」傾走した。いつもトップをきって疾走する俥夫の萬ちゃんや、棒屋、レンガ屋、赤鼻と呼ばれた労務者たちが、戦時の東京で莫迦莫迦しい酒飲み競争にあけくれた。萬ちゃんはいちばん下っ端だが「ほとんど美しく壮烈」な走りっぷりだったという。

さて足穂は、眼の色かえた酒飲みの競争に参加したのか。走る稲垣足穂の姿はどうしても想像できない。酒を飲みほし店をでれば、柳のうえに蝙蝠の翩翻を一瞥し、悠然と歩きだすのがふさわしい。

カメヤマイワオさんからの手紙

「久しぶりでみた宇野亜喜良画集。なにしろ幼稚園ぐらいからの知り合いです。父親が職人みたいイロイロの仕事ができるひとでしたので、亜喜良は少し詰めこまれすぎました。／この絵は先日閉店した麻布のビストロ『ムスタッシュロ髭』マスターが少々気取ったのを生やしていたので店名にしたもの、その卓上によく亜喜良は落書をしていたのを思い出させる画集でした。ルミ・ド・グルモンは老生も好き。この詩人はパリ国立図書館司書、半面に痣《アザ》があったといいます。」（八八年十一月十七日）

これは亀山巌さんからいただいた書簡の一節。自らを「老生」と呼ばれているように、当時亀山さんは御年八十一歳。この半年後には他界された。無断引用しましたがお許しください、これは宇野亜喜良さんを知るひとつの手がかりです。文中、宇野亜喜良画集とは刊行されたばかりの『十月の薔薇』（トムズボックス／一九八八年一〇月）で、本状は宇野さんの要請でそれを亀山さんに送っての返信だった。画集タイトルは宇野さんの好きなルミ・ド・グールモンの同名の詩からで、いまはあまり振りかえられない詩人も亀山さんの世代にはなじみだったのだろう。

亀山巌さんは名古屋の新聞社に長く勤められたが（最後は名古屋タイムズ社社長）、そうした人がじつは豆本を開版していたり、『裸体について』（作家社／昭和二十六年）という古今東西のポルノグラフィを考究するエッセイ集の著者であり、また銅版画を思わせる精緻なペン画の作者でもあった。彼を風流人と呼ぶ人もいるが、私は亀山さんになによりふさわしい称号は詩人で画工というのが良いと思う。亀山さんの詩作、それに准ずる作品は昭和初期に名古屋から刊行された前衛モダニズムの詩誌『機械座』、『ウルトラ』、『Ciné《シネ》』などに見られ、また吉田一穂『海の聖母』（金星堂／大正十五年）、田中冬二『青い夜道』（第一書房／昭和四年）など多くの詩集装幀をてがけている。亀山さんの装幀は硬質な抒情ともいうべき雰囲気を備える。

宇野さんはあるところで自身を呼ぶのに「飾画家」という古風ないい方のほうがぴったりとくると言っていて、宇野さんを解きあかす重要な言葉だと心得、いろいろの辞典を引いたのだがそれは見つからなかった。そうしていたら名古屋発行の『作家』（名古屋から小谷剛が昭和二十三年創刊した文芸誌）のある号の目次隅に「表紙・飾画　亀山巌」とあった。亀山さんは同誌の表紙デザイン、カットを長年描きつづけ、それを「飾画」と呼んだ。どこか控えめな表現でありながら、それをあえて使うところには、主体性や個性を消しさろうとしながら最大限の効果をデザインとして刻みこもうとする強い職人的な意志を感じさせる。亀山さんを画工と呼びたいのはそのためだ。手紙文で宇野さんを評して「少々詰め込まれすぎました」云々とは「飾画家宇野亜喜良」の転義が読みとれやしないか。

「……社（名古屋新聞社・筆者註）の横手にある名新堂という喫茶店へいった。日常暇さえあれば入りびたっていた巣のようなところで、平素は東濃言葉の訛りがつよいのにラジオの歌舞伎の脚本朗読では、ファンを持った宇野喜代三郎老が妻子にやらせていた。マーちゃんという姉娘を頭に中が男の子そして末は女という三人の子供がいて、喜代三郎老は男の子に望みをかけてことごとに特訓をしていたが、期待に応えてやがてイラストレーター宇野亜喜良に育つのだが、ここではマーちゃんのことが主題だ。……」（亀山巌「八十歳のラフ・スケッチ」『象』四号・八九年九月／亀山巌追悼特集）

主題とは宇野さんの姉が亀山さんに心寄せていたことについて。あるいは宇野さん自身、亀山巌さんに心寄せるふかい関わりがデザイナー前史に隠されていたかもしれない。

II

戦後民主主義の少女と手作り

私はお寺でお坊さんをしています。毎日、檀家さんのお家にナンマイダぁと唱えに行っているのです。いまはマンションに住んでいて、お参りするには装束姿に着がえるためまずお寺へ行きます。さて、私がお寺へ行きますと、きまって母が居間にいます。母は一応専業主婦ということになるのでしょうが、ぐうたらな性分でいつもアバウトな家事を済まして気ままに暮らしています。で、私が居間を横切るとき、たいていテレビを見てるか、新聞雑誌を読んでいるか、トランプ占いしてるか、寝ころんでるか万事そんなぐあいでいるから、これから働きにいくという私に彼女はちょっと気まずそうな顔をします。しかし、そんな母がすれ違う私に気まずい顔をしない日があります。それは月に何度か押入から、通販でよく売ってるプラスチックの整理ケース何箱にも詰められた毛糸や布、レース、時代色のかかった端布《はぎれ》のたぐいを居間にぶちまけて、ミシンをテーブルに置きパッチワークなどを発作的に作りはじめるときです。そのときの母はふだんと違って制作活動に入ったとでもいいましょうか、眼が輝いています。母の作るものは、彼女が好きなアフリカのプリミティブ・アート、朝鮮のポジャギ、あるいは日本の刺子刺繡などにインスピレーションを受けて、そこにオリジナリティーを加味したという手作りな作品です。骨董市に通ってあつめた古代端布を小さく切ってモダンに張りまぜた屛風が彼女の自信作。アフリカの仮面がほしいと言ってエッサエッサと木を彫っていたときもありました。彼女の作るものは生活に結びついた芸術ということが重要であるようです。それは母が若いころ意識的にか無意識的にか受けた『暮しの手帖』的モダニズムの影響だと思います。なぜなら母が、花森安治が言ってるような「美しいものは、いつの世でもお金やヒマとは関係がない。みがかれた感覚と、まいにちの暮しへの、しっかりした眼と、そして絶えず努力する手だけが、一番うつくしいものを、いつも作り上げる」(『暮しの手帖』創刊号)という理想を信じて疑わない戦後民主主義の少女だからです。したがって彼女の制作活動は少女としての彼女の非日常として突然訪れるものの、やはり現実の主婦生活にはあらがえず三日もするといつものぐうたら(それは主婦としての自分を認めたくないという表れともとれる)に戻っていくのだろうと私は考えています。

去年の暮れ、ある檀家さんの家に行ったとき、いつも通される仏間が高校の文化祭の展示会場みたいになっていました。そして花模様と帆船の絵をほどこした自刻のお盆、大草原に小さな家の建ってる風景画を細描したマガジン・ラック、そのほか紙粘土のバラ造花や革細工のカバー、レース刺繡というおしゃれ工房的手作り作品があちこちに並べてありました。床の間は白いシーツで隠してショー・スペースになっています。それは檀家のおばさんが通っている手作りもの教室の生徒さんたちとここでクリスマスの展示会をするとのこと。私はその手作りパワーに圧倒されて絶句していると、おばさんの方から「お寺さんは芸術家だから、こんなの見てもらうの恥ずかしいわ」(註・私は美大を卒業したから、よくこんな風に言われます)と切りだしました。私は全然そんなつもりはなかったので「いやー、そんなことないですよ楽しいですね」と答えると、おばさんは「そうですかぁ」と言って後ろにならべてあった熟練の手作り作家さんの作品をつぎつぎ解説してくれたのでした。「このバラの造花、一日に二〇コも作られるのよ」と聞きながら、なにが彼女たちをそこまで駆りたてるのかと、自分の母のことがふと頭をかすめていきました。そしておばさんは自分の作ったものに関しては下手でまだ技術が足りないとめいっぱい謙遜しながら、でも「無趣味に暮らしているだけじゃいけないと思って」と彼女の手作りするわけをそのように語ってくれたのです。

ある年齢から上の女性に、手作りを世間の常識的範疇で制作するもの、つまり「たしなみ」ととらえる傾向があります。「たしなみ」という言葉を辞書で調べると「好み。趣味。

特に、学問・芸事についての心得。」とありました。多くの手作りおばさんたちが、なぜ作るのかと問われて「趣味として」と答える、履歴書の趣味の欄に「手芸」と書けば、いかにもたしなみがあってよろしいとされるあの感じです。しかし檀家のおばさんが「無趣味ではいけないから（手作りする）」と言ったのにはもう少し複雑な心理がからんでいるのではないかと思うのです。おばさんたちは必ずしも「たしなみ」としてだけで手作りしていると私には思えない。定年したおじさんが趣味がないからと、とりあえずピアノ教室に通いはじめる本末転倒なこととは、あきらかに違っています。

戦後一年をまたず登場した『サザエさん』が当時の新しい女性像として迎えられたことはすでに現代史の一ページとなっています。戦前における家父長制の根付いていた家庭ではサザエさんのように女性が主導権をにぎることはまずありえなかった。それが戦後民主主義とともにひろく男女同権が言われるようになって、女性は家庭の中心的存在として活躍するようになったのです。つまりサザエさんは戦後まもなくの家庭内におこった民主主義革命の代表格だった。そう思うと、なんとなくピアノ教室に通いはじめたおじさんは、定年後のマスオさんではないかと思ってしまいました。

おそらく『サザエさん』は平均的日本人が理想とする家庭、それは旦那さんが勤めにいき、奥さんは家庭の礎という中流家庭のあるべき姿として根づよく支持されてきました（私の印象は漫画よりアニメの方が大きい)。『サザエさん』の話題にはショッピングにレジャー、余暇としての趣味などに関する話題が満載されていることにそれは象徴されましょう。しかし、檀家のおばさんや私の母みたいに経済的余裕があってショッピング、レジャー、趣味などもはじめから実現している人というのはサザエさんと自分を重ねて見ることはまずないのです。私の母など「サザエさんには教養がない」なんていいそうで怖い。母はなにかにつけ「教養、教養」と言う人なのです。

では、その「教養」とはなになのか。私たちが言う「教養」とは、それは「個人が自己の完成を願う形」として言われてきたものだと、阿部謹也さんが『「教養」とは何か』(講談社現代新書/一九九七年)という本のなかで述べています。つまり「あの人は教養がある」というとき、よく日本では、学歴があって、読み書き堪能、百科事典が家にあり、英語はペラペラ、ゲーテの詩のひとくさりでも暗唱できたら拍手喝采、そんな人のことを呼んできたようです。そういうことを身につければ「教養」がある保証になると信じられてきた。塾や英会話、ピアノの教室などがいまも隆盛なのはまだまだ「教養」が有効なことなのでしょう。母は私にしょっちゅう「教養を身につけなさい」と言いました。

戦後民主主義の少女たちは「外」に出ていくことは圧倒的魅力だったにもかかわらず、それと同等に「素敵な奥さま」として「素敵な暮し」を送ることへも十分あこがれていました。

しかし前者の道はまだまだ女性にとって厳しいものだったので、戦後成長した多くの婦人雑誌は後者の「理想の暮し」像みたいなものにより重点を置いているようです。そして民主主義時代の新しい婦人、新しい主婦としてこれから家庭に入ろうとする少女たちへ、そうした婦人雑誌は良妻賢母の証しとでもいうべき「たしなみ」を、じつは「教養」という名にすりかえて滑りこませていたのではないでしょうか（無意識にだと思います）。そして社会へでることを閉ざされた彼女たちにとって個人が自己の完成を願う形として「教養」というものが絶対的なものとしてすりこまれていった。

ようするに「素敵な奥さま」として「素敵な暮し」を夢みて家庭にはいった彼女たちをいまなお手作りに走らせるものとは、あくまで「教養」や「たしなみ」によるしかない、自己を完成させるためのあくなき願望にほかならないのかもしれません。

だから、あの「美しいものは」と始まる花森安治の言葉みたいな理想がしょせん幻想にすぎなくても、それを信じていればいつかきっと「わたしの自己は完成されるのよ！」と、母は手作りする手を休めようとしないのでした。

ぼくは背広で旅をしない

大学を卒業してはれて社会人（？）になるというとき、ねえやさん（ぼくの実家の寺にいるお手伝いさん、昭和ひとけた代の生まれです）が、「これで背広でも買いなさい」とお祝いをくれました。ぼくはそれまで自分の背広なんて持ってなく、またその必要も感じていなかったのですが、ねえやさんにそういわれて、実際自分の背広を手に入れたときはちょっとうれしかった。それは、いままでは父の借り物ですませていたフォーマルウエアを自分が持つ、ということへの子供じみたうれしさだったと思います。で、その背広はというと自分の結婚式と、親戚の結婚式に二回着ただけ。もうかれこれ一年以上、ぼくは背広をきていません。ぼくはサラリーマンではないので普段はいつもTシャツと綿ズボンといういでたちです。仕事のときは、坊主なので黒い装束を着ます。夏になるとよく「衣、暑いでしょう」といわれます。暑いことは暑いですが、慣れてしまいました。背広姿のおじさんたちのほうが、ぼくなんかよりよほど暑そうにみえますけれど、どうなんでしょう。夏、背広を着たことがないのでぼくにはわかりません。それよりも、バスや電車のなかはキンキンに冷房が効いているというのに（最近は弱冷車も増えましたが）若い女の子を見ると、袖無しの服で素足にサンダルというスタイルで、よく寒くないなあと思います。あの冷房の温度設定は背広のサラリーマンに合わせているのではないでしょうか。ちょっと話がそれました。背広のはなしです。

いま、背広というと、没個性的、サラリーマンの衣装（ここにすこしでもおしゃれという要素がくわわれば、背広とはいわないでスーツという）、なんだかくたびれた感じ、背広族、坊主憎けりゃ……あ、これは自分のことでした。今日の背広は一生懸命働いてきたにもかかわらず、なぜか悪くいわれてしまう戦後のおとうさんたちのやるせなさにみちています。さて、そんないまをさかのぼること百数十年前の明治時代、「背広」はいまのようにくたびれていなかった。文明開化というあたらしい空気を思い切りはらんでパリッとしていたのです。

日本の「近代文学」のはじまりといわれる『浮雲』の冒頭には、背広を着た二人の人物がまず登場しています。同じ二葉亭四迷の『其面影』も書きだしに背広の二人の男が登場し、初版の口絵には背広を着た二人の男の絵が描かれていて「近代文学」における「背広」というものの象徴性が感じられないでしょうか。「文明開化」時代の「文学者」たちは、内側からは「文学」外側からは「背広」によって己を「近代人」たらしめようとしていました。なにごとにもスタイルは大切。とにかく、それまでのニホンのキモノから背広に着替えることで、あたらしい時代の空気を身に纏おうとしていた人びとのすがた形がそこにはあります。

あたらしき背広など着て
旅をせむ
しかく今年も思ひ過ぎたる

これは石川啄木の『一握の砂』に収録された一首です。この短歌に、ぼくは「背広」というものにまつわる、あるいは「背広」に象徴される（？）「近代」への、信従にちかいまでの思いを目のあたりにしたような気がしました。おそらく若き理想人だった啄木にとって「近代人」として生きることは至上のことだったと思われます。「スタイル云々」などという軽薄な発想などここでは無効になってしまう。背広を着ることは啄木にとって理想の「近代人」に近づく一歩としてあったわけです。けれども啄木の生きた明治の後半期は、日本が明治維新以来押しすすめてきた近代化が、とうとう行き詰まりを見せる時代でした。いくら日本人が背広を着ても、それはうわべのものだけに過ぎないことも啄木はもちろん知っていました。にもかかわらず啄木という人は自分こそ、「背広」を着るのにふさわしい「近代人」であるという希望を棄てず、その努力をおしまなかった。彼のような貧しい都市生活者によってこのような歌が叫ばれること自体の虚しさは、むしろ「近代人」としての「悲しさ」を浮き彫りにしているように思えてなりません。

さて、啄木についで「背広」を着て旅にでたいと語った詩人がいます。萩原朔太郎です。

ふらんすへ行きたしと思へども
ふらんすはあまりに遠し
せめては新しき背広をきて
きままなる旅にいでてみん

啄木の短歌からわずか三、四年後に作られた詩です。言い忘れましたが啄木の短歌は明治四十三年（一九一〇年）の作、朔太郎の詩は大正二、三年（一九一三、四年）頃の作品です。ここで意外だと思ったのは啄木と朔太郎はともに明治十九年（一八八六年）生まれだということです。啄木と朔太郎は同じ時代の空気を吸いながら成長したのです。ぼくはこの明治末の歌から大正初期の詩への移行のあいだに、なにか大きなものが消えていったような感じを受けます。
よくフランスの旅行ガイドなどの冒頭に引用されるこの有名な詩は、朔太郎が傾倒した北原白秋の次のような詩のなかにある、異国趣味、西洋趣味に通じあうものにすぎないかもしれません。

日曜の朝、「秋」は銀かな具の細巻の
絹薄き黒の蝙蝠傘《かうもり》さしてゆく、
紺の背広に夏帽子、
黒の蝙蝠傘《かうもり》さしてゆく。

「秋」(『東京景物詩及其他』所収　東雲堂書店　大正二年)

ここには、「文明開化」の時代を地で生きた紳士の姿が彷彿とされます。しかし、白秋がこうした詩に描いたのは、明治末のパンの會などにつどう青年芸術家たちが、かつて東京にあった「文明開化」時代の情緒(それは異国情緒と江戸情緒とが渾然一体とあるような)をなつかしみ、当時の紳士の姿を彼ら自身が日常装うというアナクロニズムなもの、つまり一種のスタイルなのです。けれどもそれは「ふらんす」にはあって「日本」にはないとされる

「理想の近代」をもはや遠いものとする朔太郎のあきらめと言ってもいい。啄木は弱い心をふるいたたせてでも「背広」を着、「近代人」になろうとしましたが、それは啄木が「理想の近代」がまだ日本に実現すると信じていられたからです。しかし朔太郎は、啄木とちがい経済的にも恵まれていたこともありますが、その経済的な面だけでは乗りこえられない「ふらんす」のような西洋近代、「理想の近代」が日本にはとうとう実現できないことを最初から知っていて、啄木がほしくても買えなかった背広を着ることで、せめてスタイルだけは「近代人」になろうとしたのではないでしょうか。のち朔太郎がそのスタイルの内側に実現した世界とは、「地面の底の病気の顔」という「近代人」の内面を表出するものだったことは言うまでもありません。

いまのぼくは、いったいどんなふうに「背広」を着れば良いのでしょう。それは、現実に、日常的にぼくが背広（くたびれた、サラリーマンの衣装としての）を着ることがないからこそ思うことなのでしょうか。ぼくは「背広」を、啄木のように理想をもって着ることもないし、朔太郎のあきらめの果てのスタイルとして着ることもない、いまのぼくの現実にとってはそのどちらもが遠いものでしかない。でも、ずっとこのまま「背広」というものになにかしらの違和感を持ち続けていくのではないかと思います。

ユーツなる党派——バット党残照

「これ知ってる？」と簗添正生さんが本棚から取りだしたのは、むかし『アサヒグラフ』で著名文化人の食卓を紹介した「わが家の夕めし」欄をまとめた文庫（一九八六年／朝日文庫）だった。連載時、白い大皿にもった色とりどりの西洋料理に目が釘づけになった記憶がなつかしい。皿にみずみずしいひねた胡瓜二本、「それからキウリ——これをキュウリと印刷しないでくださいよ」（中野重治）というあたりに、そのひとの生の根源がかいま見えたりする。

冬の夜など、わたしは簗添家の夕めしを訪ね、書斎のコタツを囲んでナベをつつくことがある。主の簗添さんはナベにはあまり箸をつけず、振りむけば手のとどく本棚から本を取りだし、それを肴に杯をかたむけるのが倣いとなっていた。重みで弓なりになった棚板に食いものの本で占められた一角がある。本の背は全体にタバコでいぶされ、ヤニ色がかる。簗添家の夕めしは、古本と映画、戦前の芸人、行ったことのある球場や火星に土地をもってるというご自慢（証明書を見せられた）といった話題で更けてゆく。

簗添正生さんは金工家で、ブローチやチョーカー、ペンダントなどをつくる。しかし、それは簗添さんのひとつの姿にすぎない。簗添さんの書斎は、若いころに母屋とはべつに建増して作った小屋みたいな部屋である。痩身長軀の簗添さんにしてはすこし小さくみえるが、ちょっと動けば必要なものに手がとどくので合理的ともいえる。書斎は簗添さんの世界があり、それは閉じられたものではなく、じつは簗添さんの祖父で、やはり金工をしていた奥村博史と祖母の平塚雷鳥、ふたりから受けつがれた気風が静かに息づいている。置かれた本やものが、過去からずっとそこに置かれたまま、停滞とゆるやかな流動をくりかえす。ひとつの書斎を四十年近く使うとこうなるのだろうか。そして書斎に接して廊下幅の小スペースのアトリエがある。アトリエと書斎の往還が簗添さんの日常を形づくる。夜降ち制作の時間を過ぎれば、ひとり書斎のコタツで杯をとりゴールデンバットの煙をくゆらせながら、本を読んだり書きものをする姿を、来る手紙にいつも「飲みながら」とあることから望取できた。バットは簗添さんのたばこという印象がつよい。

『わが家の夕めし』を眺めてると、ストイックな食卓に目がとまる。食の細い簗添さんを前にしてだからかもしれない（簗添夫人の純子さんが作る料理はいつもシンプルでおいしい）。一九七一年四月九日号の稲垣足穂と志代夫人の夕めしは、ふたりが手にジョッキを傾け、テーブルにはビール壜、栓抜き、ハイライトとマッチ、ガラスの灰皿がのるのみである。食に対し無関心でいられる人は、アルコールとタバコへの傾斜が強いのか、簗添さんもちょっとそんなタイプだ。食の本を読むのは好きなのに。

書斎には、もうひとつガラス戸棚があって、『辻潤全集』や十字屋書店版の『宮沢賢治全集』、野田宇太郎、平塚雷鳥の本など並び、その背表紙の前には紙切れや小物が飾ってある。紙切れのなかに、タバコの煙をくゆらせるシルクハット紳士の影の浮かんだペン画が立てかけてあった。「これタルホの『一千一秒物語』の復刻（一九六三年／作家社）のあいだに挟まってて、タルホが描いたんと思うよ」と教えられた。どうやらガラス戸棚のほうは、エスプリとしての書物とともに、簗添さんのルーツが一緒につまっているらしい。

ともかく青年はタバコを五六本つづけさまに吸って　輪を作って少年に覗かせようとしたけれども　いずれもが失敗に終ったのである　ところがその次の日から少年のポケットには紙製の小函がはいっていて　少年は人のいない所へ行っては煙の輪を吐く練習を始めた

「どうして彼は喫煙家になったか？」（一九二三年）

少年は、煙の輪をのぞいて月を見れば三角にみえると、青年にそそのかされ喫煙家となった。彼が初めてもとめたタバコは、紙の小函という特徴をみるとゴールデンバットじゃないだろうか。

いつか築添さんは「バットはタバコ工場でこぼれた葉を集めて巻いてるから、ごくまれにおいしい一本があるんよ」と吸っていた。それはバットがそれほどうまいわけでもないからと言ってるような気もした。緑色したバットの紙の函が好きで、それをポケットにいれて歩くのがよい、とも築添さんは言う。安タバコのなかでも、緑色のパッケージとデザイン、バットという名からからかもされる味もあるというのだろう。

「バット的」「バット党」などの呼称が古くからあり、「バット的」は労働者の階層を指す隠語的意味あいもふくまれたようだが、それだけとはちがう特別な、なにかしら気取りや、バットを吸ってることのニュアンスがあったらしい。スタイルや一種思想さえあらわすこともある。

私は、ゴールデン・バットを愛好している。どんな金持の集りの席上でも、緑の紙袋を平気で出して吸った。おしゃれの私が、バットを吸うのをみて、他人は不思議そうにみていた。自虐的だとある人は云った。ケチだとも云われた。何故、バットを吸うのか私はわからない。（中略）強いて、バット愛好の理屈をつけたら、煙草屋へ行って、「バット」という音《オン》を出すのが好きなんだろう。妙に緊張して、こゝろよい発音をするのが常なのだ。

久坂葉子「私はこんな女でござる」（『新編 久坂葉子作品集』構想社／一九八〇年）

私はこんな人間でござると、言葉じゃあらわせなくても、バットをのむ態度だけでしめされる何かがある。バットの煙にまかれて、自分だけの世界にただようような魔的《マジカル》な力がはたらく。すこしユウウツさを帯び、夕闇に姿をあらわすコウモリに気づく人だけ気づくみたいな姿をしている。

「真夜中に一本の紙巻を吸うことの喜びを知らない人とは手を別たなければならない」とアフォリズムをのこす辻潤はバットを愛飲した。子の辻まことは父の「考えすぎる葦」としての思想生活をバットの煙のなかにみている。

おやじは自分でも十分にそれを意識していたので、いつも孤独を養うことのできる二階のある家をえらんでいた。そうして他から自分を遮断していた。私の記憶に刻印されて明白な印象は、そのような二階の部屋に坐って茫漠とゴールデンバットの煙りを吐いている姿だ。部屋は昼間でも雨戸を半ば閉して仄暗く、夜は電灯に蒼い布を覆って、わずかに机上に光を直射させていた。「考えを追求する精神」はどこか非常に遠くへ行ってしまって、矢鱈に烟りを吐いている肉体はぬけガラとなって実在を失っている——かと感じられた。古い洋書のもつペダンチックなインクとカビのにおい。丸八の「梅ヶ香」の陰気なにおい。しみこんだタバコのにおい。最後におやじの体臭。それはいれまじってメタフィジィクな雰囲気を構成していた。

辻まこと「おやじについて」(一九四九年)

この文章を読むと、薄ぐらい書斎でバットの煙の停滞と流動のなかに坐る辻潤と簗添さんの姿が二重写しにみえる。彼らが徒党をくまず、なにもしない人間として煙のなかに閉じこもっているバット党だからだろうか。

バットをのむひとを、どうしたものか、簗添さんをのぞいて見たことがない。ならばためしにと、バットを買ってみたが、例の警告書きがデザインを台なしにしていた。メタフィジィクな煙どころか一口でむせてしまった。そんなこともあって、わたしは簗添さんが、バット党さいごの残党かもしれないと思っている。

ボマルツォのどんぐり

左の皿には二個のどんぐりが、右の皿には象の絵がプリントされた消しゴムが天秤にかけられてある。同居人のNが本棚に飾ってあったオモチャの天秤にそうしたのだ。針は消しゴムのほうに少し傾いている。この夏にヨーロッパ旅行から持ちかえった小さなモノたちは、いまは部屋の思うところに散らばっていて、ふと目が止まるとそれに伴ういくつものことを思いだす。

象の消しゴムはプラハの画材屋でもとめた。一コ二〇円たらずなので外国土産にと一〇コほど買ったうち、さいごに残った一コがここにある。

そして二個あるどんぐりは、ひとつは毛糸帽をかぶったあごの細い子供で、もう一個は毛糸帽をすっぽりかぶってしまったその弟という感じがする。まだ木の枝にある青い実をむしり取ってきたから、実が充分ふとりきっていなかった。それが、いまは乾ききって叩くと軽い音。さて、これがボマルツォ庭園のどんぐりだということが、またあの怪異の森へ私を導いてくれる一品なのであった。

私たちは、まず夜の明けないローマから出発した。ホテルをでると街角は灯火のオレンジ色した光のなかにあって、トラムの線路が夜降った雨に濡れ路面に浮かびあがっている。私たちは眠い目をこすってボマルツォを目指した。

ローマの北約八〇キロ、テルミニ駅からヴィテルボまで鉄道で行き、そこからバスで東北へ十七キロ走ればボマルツォはあるらしいのだが、さてイタリア語のできない私とNは今回の旅行でいちばん難易度が高そうな行程だと少々緊張気味だった。

パルコ・ディ・ボマルツォ（ボマルツォ庭園）を私は澁澤龍彦の紹介によって教えられた。それは十六世紀につくられたマニエリスムの庭園であり、石で彫られた怪物や巨人が目白押しの庭として知る人も多いだろう。その奇怪なたたずまいは、ホラー・マニアでなくても見たいものがある。私は路頭に迷うことも覚悟で行くのを決めた。

一九七〇年十月二十七日、初めてのヨーロッパ旅行途上の澁澤龍彦は、知人の迎える車に乗って、いたってのんびりボマルツォに向かったようだ。

絶好の快晴で、車の中は暑いほど。ローマを出外れるにしたがって、いかにもイタリアの田舎らしい風景になる。

『滞欧日記』（一九七〇・一〇・二七）

それにひきかえると、私たちの出だしはずいぶん違う。まっくらな空に稲妻が走っていた。乗った電車は床が水びたし、そのうえ消毒剤の匂いがひどい。やがてローマを出外れるにしたがって東の空が白みだした風景は、雨雲の低くたちこめる、まるでダンテの「ここ過ぎて人往くところ嘆きの街ぞ」（『神曲』地獄篇）である。最悪のコンディションに笑いたくなるほどだったが、むしろこれは怪異庭園へ向かうにふさわしいイントロだな、と思いなおすことにした。

ヴィテルボは城壁で囲まれた古い町で、古代エトルリアのあとに建てられた中世の町である。晴れていれば散策もしたが、太陽の翳ってしまったイタリアはずいぶん寒い。風さえでてきて、寒さに不機嫌になる一方のNに、なにか上着を手に入れようと日用品スーパーがあったので中に入った。中世の町から蛍光灯の明るさの店内へ、その落差がなんともイタリアらしく無頓着である。赤色のパーカーを買ったNはさっそく羽織ると、もう寒さにはケロリとしていた。

町をほとんど見ないままヴィテルボのバス停でオルテ行きのバスを待った。どのバスに乗るのかと気を揉んでいると、そこにボマルツォで降りるという老人がいてくれた。彼は十時半に来るというバスを一時間近く前から、街灯にもたれたままジッと待っていた。ところがバスの来る時刻が五分ほど過ぎると、彼の態度が急に落ちつかなくなりはじめた。バス停の周囲を行ったり来たりする。老人の家では彼の帰りにあわせてパスタが茹ではじめられるのだろうか、まるでそんなふうに見えた。バスは十五分遅刻し、老人と中学生たちと私とNとを乗せて走りだした。

バスは小さな町村をいくつか過ぎ、やがて景色の開けた尾根に沿い走った。なだらかな起伏にオリーブ園や葡萄畑、雑木林がくり返しつづく風景であり、鬱蒼と木が生茂って地肌を隠すところのないのが特徴である。ボマルツォとの標識を過ぎてまもなく、老人が降りることを告げてくれた。

ボマルツォは谷の斜面にそって村があり、谷の上には古城がそびえていた。家は一筋の道沿いにしか建っていない。ここは岩盤を切り開いた道であるらしく、家並のすぐ背後にむきだしの岩壁が接していたりする。岩のところどころに人の手で四角く刳りぬいた穴があって、昔はなにかの用途に使われていたのか。風が切り通しを押しひらくように吹いている。

いっしょに降りた老人はボマルツォ村の住人で、私たちをパルコへつづく近道のところまで案内してくれた。足が悪くてキットン、キットンと歩く。彼はその歳までこの村に送ってきたのだろう。彼は終始無言であったが、ひとつ城にも行くといいと指差して、もと来た道をゆっくり戻っていった。そして時計をみれば、老人の家はちょうど昼飯時でもあろうと察せられた。

谷のいちだんと低くなったところにボマルツォ庭園はある。なだらかな道を牧草地をぬけて降りていくと、そのところだけ木々がおいしげり、そして空気は次第に湿度を帯びはじめるらしかった。

モンスター・パークと看板のかかる小屋で入場料を払い園内側にでた。

庭の入口のところに立てば向かいあう二頭のスフィンクスが鎮座し、その台座に銘が刻印されている。澁澤龍彦によると、左側の銘の大意はこうである。

眉をあげ、唇をひきしめて
この地を過ぎ行かずんば
世界の七不思議たるものを
嘆賞するも叶うまじ

谷底の空気を一息吸いこむと私たちは森の奥へと足をふみいれた。さらさらと流れる水の音があたりを包んでいる。

最初に出会ったのは、身長五、六メートルはある裸の巨人像。さかさまに倒した男の両足を両手にむんずと摑み、力いっぱいひき裂こうとしている。股を裂かれる痛みに下向きの男は声なく叫び声をあげる。まるでプロレスの一場面を思わせる。この怪力マンはヘラクレスである。凝灰岩で造られた像の胸や太ももは、長年に水がしみた痕や苔の斑がおびただしい。そしてこの沈黙劇(?)を中心に、森の気配はいっそう静寂さを帯びるようだった。私たちは探検家さながら、さらに奇怪な巨人像、怪物が待ちうける森の奥へと進んだ。

道の右手を見下ろす泉のあるあたりに、鯨ほどもある魚が、空にむかってアンと口を開けて、その脇には亀の甲羅に日本の観音菩薩にも似た像が立つ。道の積石を見あげると髭をたくわえた老人が岩肌にもたれている。老人は河の神、ネプチューンと聞く。斜面にせりだした岩に巨大な仰向けに寝そべるニンフが刻まれており、彼女のぞんざいに投げだした足先は艶かしいほどだ。ボマルツォの彫像はここに自然のままあった石を、そのなかに眠る形を見いだすかのごとく刻んだらしい。凝灰岩はけっして上質な素材ではないが、その素朴でしかもエロティックな表情を醸しだせる彫刻家の腕は確かなものだ——にもかかわらず彫刻の作者は定かでない。その面目躍如の作は頭に水盤をのせる巨女の姿だろう。多産と豊穣をもたらす地母神を偲ばせる悠然とした表情を浮かべている。しかし、どちらかというと私は、鱗のはえた二本の足を地面にべったりと大股びらきに座りこんだ、少女の体つきをのこすニンフのほうにずっと惹かれてしまった。

森の中央で威容を誇るのは、鼻で兵士を巻き抱える武装した象、東洋風のドラゴンが獅子をくみふせている巨像であるが、さてこの広場に立ち止まってふと後を振り返るとしよう。そこには巨大な人間の首だけが身の丈よりも大きい口を開いて見る者を招じ入れようとしている。その顔は神か悪魔かを見たために「あ！」と驚いた瞬間をとらえてでもいる。私たちは吸い寄せられるままにその大口をくぐった。と、そこは天井の高い広々とした気もちのよい石室があって、いわばここは庭園のあずまやの役割をしていたようだ。中央には石のテーブルが据えられ、これはこの洞穴を刳りぬくとき一連に彫りつけたものである。このテーブルは外から眺めると舌のように見える。私たちは壁に沿って彫られたベンチに腰をかけ、丸く開いた口から庭をしばらく眺めた。ときおり俄雨が森の闊葉樹をパラパラと打ってすぎる。さっきからテーブルをはさんで座っていたイタリア人家族の小さい女の子が、母親にときどきものをたずねて甲高い声をあげる——食ベラレチャッタノ？　表に立つ人がいたならこの狂気にみちた顔から可愛らしい声を聴いたにちがいない。

パルコ・ディ・ボマルツォはヴィキノ・オルシニという貴族の別荘として一五七二年ころ造営された。しかし彼がどういう人物であったのか詳しくは知られていないようだ。それに、この別荘は二十世紀になるまでほとんど世に知られずにいた。いかなる考古学者も美術史家も、あるいは旅行者にしてもこの庭をとりあげて問題にしなかった。ではボマルツォ庭園を現代に広く紹介したのは誰であったかというと幻想作家のピエール・ド・マンディアルグやシュルレアリスム周辺の人たちであった。ボマルツォの造形はそれまでアカデミックな芸術からはまったく閑却視されていて、それを彼らが未知の想像力の伝統として再発見したのである。そして日本において澁澤龍彥が彼らの示唆をいちはやく汲みとってボマルツォへの道を拓いてくれていたから、私たちみたいな旅行者も訪れているわけである。

それにしてもヴィキノ・オルシニにしてみれば、世に忘れ去られようが、むしろ望むところとしたのではないか。おそらく彼は「世の中に退屈し切った領主や宮廷ダンディー」(ルネ・ホッケ)として優雅に庭を眺めて暮らしただろう。それをオルシニ公は美しい妻を奪われぬよう庭に恐ろしい怪物を配したなどと伝えているのは孤高を解さぬありきたりの俗説だとされよう。彼の生きた十六世紀後半は澁澤龍彥が言うように「幻想と驚異をあれほど花咲かせたバロックという時代の、まさに息絶えようとする最後の噴出」をみた時代であった。

谷を明るいほうに向かって登ったその中腹に長方形のテラスがある。このテラスの縁をどんぐりと松ぼくりとを形どった巨大な石柱が交互して並んでいる。私はここで澁澤龍彦がこの石柱と同じ形をしたどんぐりを拾ったことを思い出して地面を見まわしたが、なぜか一粒も落ちていなかった。おかしいな、と傍らの樹をあおぐと枝の先にまだ実の青いどんぐりがたわわになっていた。私は澁澤さんが訪れた季節より一ヵ月ほどだけ早くここにいるのだった。

私はどうしてもどんぐりがほしくて、手が届く枝から例の二個をもぎとった。

少年の日々を思い出して、私はそのドングリの幾粒かを拾い、手のなかで暖めてみた。

「バロック抄　ボマルツォ紀行」

今もときどき二コのどんぐりを手に乗せてみることがある。

III

坪内祐三『靖国』（新潮社／一九九九年）

靖国神社というと、燕尾服をきた政治家たちが神妙な顔つきで参拝している、子どものころ見たニュースの映像くらいでしか記憶がありません。ですが、ニュースの口調や茶の間で親たちの交わす政治家の悪評などを聞きながら、靖国神社っていけない所らしいと子供ごころにインプットされた気がします。

靖国神社はある時代まで人のたくさん集まる名所であり、祝祭的、民衆的な雰囲気に満ちあふれる空間でした。坪内氏の『靖国』はそうした靖国神社が本来もっていた雰囲気、とりわけ明治時代は「文明開化」の空気を反映した、東京のなかでも飛びっきりモダンな空間としてあったことを教えてくれています。たとえば遊就館。靖国神社の片隅に、明治維新以来の戦争の歴史や古今の武器を陳列する一種の博物館のようなものとして明治十五（一八八二）年に開館したここは、神社という空間にあるにもかかわらず「当時の日本では他に類をみない」西欧風の建築だったそうです。また、靖国神社の祭礼にさいし、境内を利用して開かれていたサーカスや競馬。これなどは、土着信仰的な祭礼とはちがって、新しい「『民衆』の信仰場所」として靖国神社があったことを物語っていると坪内氏はいいます。

靖国神社には、まだ近代国家として誕生したばかりの明治日本で、民衆をひきつけ国民としてのアイデンティティ形成をうながすといった役割があったでしょう。いままでの靖国神社を語る本の多くは、これをナショナリズムばかりにむすびつけてしまうようです。しかし、じっさい靖国神社にあった近代性とは渾然一体としたもので、ひとつのイデオロギーだけによらないものだったことを『靖国』は論じています。

最近見た映画『女は二度生まれる』（川島雄三監督／大映／一九六一年）には九段の花柳界がえがかれています。この映画が新橋でも神楽坂でもなく九段という場所を舞台にえらんだのはなにか意味ありげなことだと、『靖国』を読んだあとの目には見えました。ここにはこの映画が制作された昭和三十六年ころがリアルタイムで写されています。銭湯帰りの芸者衆が坂道をのぼっていく場面で画面の隅にはブロック塀が映ったりしています。高度成長期の東京は三年後にはオリンピックをひかえて、いたるところ開発ラッシュをむかえていたと思われます。それでもこの界隈はまだのんびりとしていて、九段の花柳界は昔ながらの情緒がのこる世界に見えます。靖国神社も芸者衆が日常の願掛けをする神社にすぎません。ですが、開発の波はじつは彼女たちの内面のほうへすでに押しよせている。「新宿のバーで働いたらお金は自由よ」などと話す声が聞こえます。そんな九段界隈にドーンとなりひびく太鼓の音。開発の槌音が聞こえないかわり、ここに聞こえるのは靖国神社の太鼓の音です。花柳界も靖国神社も、変わりつつある東京のなかでは時代にとりのこされたものを象徴しているかのようです。だからといって、靖国神社を単純に軍国主義やナショナリズムにむすびつけるふうでもない、むしろつねに冷静に「戦後」という世界を見つめる目がそこにはあるように思えました。どこかさめた目で、当時の東京から消えていくものを哀れみをかけることもせずとらえようとしている。私は坪内氏のいうこの言葉を思い出しました。

ゲニウス・ロキ、「地霊」という言葉がある。その土地に宿る記憶のことだ。土地の経済効率を最優先し、再開発を繰り返し続ける戦後の都市東京の歴史は、個々の土地に対する記憶喪失の歴史でもある。

これは『靖国』のプロローグにある言葉です。ここに十年前（昭和六十年／一九八五年）坪内氏が仕事場をぬけて靖国神社を散策していたとき、偶然目にした案内板に衝撃をうけたことが語られています。それには「招魂斎庭」という死者の魂をまねきよせるための庭が駐車場になっていたと記されていたのです。明治維新以来の国家に殉じた人の霊を招いて弔慰する目的でつくられた、靖国神社にとっていちばん大切な魂を招く庭である「招魂斎庭」、そのような神聖な場所であるはずのところが駐車場になってしまっていることに、「靖国」がどうのという前にあたりまえの気持ちとして坪内氏は驚いてしまったのです。しかも、そのことについて「靖国」をとりざたする人たちはまったくといっていいほど問題にしようとしない。この体験から坪内氏は「靖国」についての一冊の本を書きはじめるのです。

一九五八年東京生まれの坪内氏にとって、ものごころのつく昭和三十年代の東京の記憶は、ちょうど『女は二度生まれる』が制作されたころの風景にはじまり、高度成長、バブル時代を経て、この靖国神社の「招魂斎庭」が駐車場になった光景へと辿りついたような気がします。それはある意味、絶望的な光景かもしれません。しかし、一九七一年生まれで、あらゆる場所が駐車場の延長であるかのような風景をあたりまえのものとしてそだった私は、『女は二度生まれる』のなかの「靖国」に、坪内氏が安岡章太郎の作品をひいて言っていたような、軍国主義やナショナリズムとは無縁の民衆の「靖国」をみる思いがしたのでした。

大学生のとき、私は靖国神社に訪れました。靖国神社の境内にある遊就館に「鮭」の絵で知られる高橋由一の「甲冑図」が展示されていると聞いて訪ねたのでした。靖国神社が明治美術という観点から従来のイメージとちがうものとして、そのころ私のなかにはふくらみはじめていました。だからといって私は、過剰に期待したり、子どものころからの「いけない所」というイメージに流されるのもよくないと、どこか身がまえて行ったのを覚えています。しかし、身がまえたのは、イメージでない現実の靖国神社に、私たちが長く無関心でいすぎたことに対して、ではないでしょうか。それは『靖国』を読みおえたいまだからこそ想えることなのかもしれません。

林哲夫『古本デッサン帳』（青弓社刊／二〇〇一年）

「デッサン」を辞書で引くと「木炭・コンテ・鉛筆などで描いた単色の線画。普通、作品の下絵として描かれる。素描。」とある。デッサンとはやがて本画へと仕立てあげられる前の段階、したがって対象のおもしろさをすばやく捉えた、絵に描いてみたいと感じた思考の痕跡がかいまみえたりするものだ。林さんの本業は絵を描くこと。その文章にも、たしかに林さんの古本という対象をデッサンするような筆致がある。

厚紙表紙の背が取れ、寒冷紗が露出しているところなど、五十円も致し方ないかと思われる。ただ、薄絹貼り、金箔押しタイトル、六色刷り花鳥模様の卵黄色を地とした華やかな仕上がりには捨てがたい魅力があるのも事実。

表紙が表裏ともに取れてしまった壊れ本。綴じはしっかりしている。（中略）B6よりも幅が一センチほど狭い判型。ざっと九百六十ページはある。厚みにして約三十五ミリ。簡易装、アンカット。三方ともに化粧裁断されておらず、いかにも紙の束という風情が好ましい。

「装幀の遠近」

梶井基次郎は「檸檬」のなかで「見すぼらしくて美しいもの」、風景なら「壊れかかった街」の様子に強くひきつけられると書いているけれど、ここに記されるのは「壊れかかった本」の魅力とでもいおうか。ときに本の中身よりモノとしての本、それが壊れてやがて紙の束となりつつある書物が描写される。実際、林さんの絵はそうした古本をモチーフにして、頁の端がめくれ、背も取れ綴じ糸もむきだしの古書が数冊つまれた様子など、質感もそのままという細密なタッチで描かれる。焚火にくべられた文庫本を拾って描いた絵もあった。それは壊れかかった本の魅力、「紙の束という風情」なのである。とはいえそれは書物の絵なのだから、文庫本の表紙模様が岩波文庫、近代文庫、アテネ文庫、あるいは潮文庫だろうかと推理して楽しめる。表紙や背に夏目漱石、ヴァレリー、アポリネールという名が読みとれたりする。私はある絵にイヴ・ボンヌフォアの『ランボー』の原書を見いだし、その一書を愛読（阿部良雄の翻訳で）しただけ、紙の束としての美しさから、再び書物の世界に連れもどされてしまった。これは絵を見る体験として不思議なものである。

しかし、それは鑑賞者の思い入れであって、画家の関知するところではない。「書物」というものを、個人の「思い入れ」などでない、林さんはどこか徹底したミニマリズムで捉えるところがある。

本は完結したオブジェである。知の容器でも小宇宙でも道具箱でもなく、読むものなどではけっしてない。もちろんそのいずれであってもよく、また読むこともできるものである。棚の飾りにしてもよく、枕にしても、踏み台にしても、重石にしても、ノートやトイレの落とし紙にしてもいいし、腹が減ったら食べることもできる（ただし人間はそれを消化できない）。

「ソウテイにどういう漢字を当てるか」

この文の初出が「書物の修復と保存に関する研究会会報」といえばドキリとするが、林さんの書物を見つめる視線は、やはり画家としてのものなのだろう。もちろん林さんは私たちが書物を思い入れたっぷり、なでさするような気分を知っているし、ときに当人の素振りもそのようである。しかし、どこかで透徹した視線につらぬかれる。

絶対的なテクスト＝魂などは信じないが、魂が形になる瞬間、これを信頼しないわけにはいかない。その一瞬のために、無限の可能性と有限の予算や時間との狭間で苦しむこと、きざったらしくも、ただただ「おまえは美しい」と言いたいがために、それがソウテイである。

「ソウテイにどういう漢字をあてるか」

林さんから「いつか木を描いて歩きたい思ってんのやけど、どこかにええ木、知らへん？」と訊ねられたことがある。私はある神社に御神体のようにされる巨大な老木があることを話したが、林さんは笑ってそういうのじゃなく、そこらへんにでもある雑木みたいなのがいいと答えた。林さんらしいと思った。でもそういう木は林さんにしか見つけられない。それと同じことだが『古本デッサン帳』のなかでとりあげる書物、それはまず雑木（本）の一本として林さんにみつめられるところからはじまっている。

MJ・古書簿

朝比奈菊雄編『南極新聞　上・中・下』（旺文社文庫　一九八二年）

南極というタロ・ジロ？　南極一号？　皇帝ペンギン？　南極新聞のことを知ってほしい。南極観測船宗谷内に創設された南極新聞社により朝比奈菊雄編集長をはじめ数名の乗組員で日々ガリ切りで刷られたこれを読めば、東京港晴海埠頭を出発する宗谷に乗って赤道を横切り、はるか南極にペンギンたちのお出迎えをうけるまでの日々が逐一体験できる。ときは昭和三十一（一九五六）年十一月八日、宗谷は国民の期待を一身にあつめ出航。第一号の一面見出し「〃宗谷〃南極へ／晴海埠頭世紀の歓呼」。この一号だけは関係者、見送りの人にばらまいたそうだから少しよそ行きの顔に作られているが、うってかわって十一月十三日付の見出しは、「大方の期待あつめて、十四日より酒保開店」。船内には「酒保みどり」はじめ「バーバー長髪」「テアトル宗谷」などがつぎつぎオープン。テアトルでは『カルメン故郷に帰る』『王将』『雨月物語』等が掛かっていた。出航してしまえばそこは乗組員百三十名（全て男）たちだけが共同生活を送る町。南極新聞は、はるか洋上に浮かぶ昭和三十年代の町新聞なのだ。紙面には他によみもの、観測日誌、気象通報、献立などある。ほんとは苛酷な任務を背負っての船旅で、乗組員が寄稿者兼愛読者だった南極新聞には「隊員間の意思疎通と融和親睦」（社告より）としての役割があった。でも、その紙面を支えていたのは「好きなもの、コーヒー・タバコに花・美人・ふところ手して宇宙見物」と言い甲板で南十字星を眺めた男のロマンだと言える。

森九又《もりくまた》『空袋男《からつぽおとこ》』（新星出版社／一九四六年）

男は子供の死に悲しみ沈んでいた。と、突然心臓が口の中にこみあげてくる。「飛びでちゃタイヘンだ」と歯を食いしばってみたが、悲しみで歯はガチガチ震えてしまう。心臓はみるまにひき肉状態。

表紙のかわいい絵とタイトル名に惹かれて入手したけれど作者については判らずじまい。どんな埋もれた怪奇小説家かと触手を伸ばしたが、本の中で著者はウダツのあがらぬ小説家を自認している。「僕はね、ヘナチョコ文士なんですよ」といつも言ってるなさけない男なのだ。お父さまから毎月お手当てをもらうたび、己れを責めていい小説を書こうと精進するのだが、うまく書けないとすぐ落ちこんでしまう。やさしい妻は捨鉢になる彼をなぐさめてくれる。すると「よし、やるぞ！」とばかり机に向かう。素直なのかお人好しなのか、とにかくその不器用さぶりに読んでて「あぁー、もう！」を連発する（じつに私自身を見ているようで）。

心臓を失って男は、ことあるたびに内臓をとりだし捨ててしまう。彼は体の中がすっかり空っぽになり、じつは幸福な気分でいたところ、戦争へ行くことになった。男は勇敢に、乱暴といってもよいほど勇敢に戦った。脳味噌も捨てて頭も空っぽだから考えがないらしい。全ての人を愛することができ、同時に敵を心ゆくまで憎むこともできる。彼は死なない、死ねない兵士であった。まるでターミネーター。負傷して体がほころぶと針と糸で縫合し、その痕へ蠟を塗ればよい。

ほんとうはこれ、ホラー小説じゃない。昭和十六（一九四一）年十一月十日とこの小説の末尾に記されている。書かれた日付だろう。太平洋戦争勃発直前である。戦意昂揚のために書いたものだろうか、それとも反戦の意をこめて。そのどちらともちがう。著者は人に愛される心暖まる小説が書けたらそれで良かった。でもあの時代、戦争から目をそらしていることは許されない。森九又さんは不器用なので適当にごまかすことすらできず、自分の気持ちにひたすら忠実に書いたのだと思う。ほとんどの小説家が内臓の飛びちらぬ戦争を書いていたとき、そこに内臓がないことの奇妙さの輪郭を「空袋男」は浮きたたせてくれる。

追・森九又は作家三橋一夫（一九〇八―一九九五）のペンネームであることを末永昭二さんの「森九又（三橋一夫）の奇書『転々丸漂流期』」（『彷書月刊』二〇〇三年十二月号所収）により教えられた。

吉仲太造展図録

吉仲太造（一九二八―八五）の回顧展が京都市の美術館で開催されている。吉仲の作品は、六〇年代の前衛美術の作家として、作品のいくつかを知っているというのが私の予備知識で、現代美術の好きな人ととりかわす「吉仲太造って知ってる？」的会話をするために知っていた程度であった。日ごろ美術でも文学でもその程度の話題を楽しんでいるが、展覧会を見たばかりのいまは吉仲太造についてもう少しふみこんだ理解がえられた。

吉仲のよくしられる作品に、こまかく裁断した新聞の株式欄や不動産欄を素材にしたものがある。「高円寺徒歩4分アパ2万」などという文字に張りつくされた画面に洋裁で使う型紙の形が浮かびあがる作品。奇抜な素材を使って社会への批判性を示すやり方は六〇年代前衛美術によく見られたが、いまそれらを美術館などで見ると、時代を考慮して、その一過性においての意味もくみとらねばならないときがある。でも吉仲の作品を見ていると、彼の変わった素材を使う方法が、いま見てなおいきいきとしているのだった。縦横二メートル前後の巨大なキャンバスを前にしていると、それが新聞紙であることも、型紙の形であることも忘れて、「絵」というものをあじわっている自分にあらためて気づく。

「釘とリボン」という作品の横にはられたプレートに「油彩、釘、綿、砂、ボタン、リボン、新聞紙、赤鉛筆、パネル」と素材が示されていた。思わず「壁、美術館、私」などとつけくわえたいところだが、かつて美術という枠組みを飛びだすことに熱心だった作品がいまこうして美術館に飾られているのなら、もういちどそれを美術作品として見ることにいまさら異和感を感じることなど野暮くさいのではないか。

吉仲太造は時代情況にたちむかいながらも、それを内向的に、素材（物質）とむきあいながら絵画の在り方を問い続けた作家だ、とありきたりの言葉で説明してしまえばなにか抜け落ちてしまう。たしかに「大いなる遺産」「現代美術」「病と偽薬」「化ける事に力不足なお化け」…、吉仲のこうした作品タイトルは、ある意味彼の作品の自己解説であるが、「絵になることに力不足な絵」を作り続けることによってしか美術というものがはらむ虚構を浮かびあがらせることはできなかった。

「欝屈した状態で紙を破り、また、たばこの火で穴をあけるなどは、あまり好ましくない行為だが、一枚の紙にものを描く以外の異質な感触は面白い」という言葉は、絵を描くという行為の不自然さを、素材を通じてもういちど、ものを作ることの自然な衝動に還元しようとする営みが語られているようだ。

長年うつ病だった吉仲は、絵を描くことで精神のバランスを取っていたという。晩年（吉仲は五十六歳で没した）、白一色で仕上げた静物画のシリーズがある。白い絵の具をペインティングナイフだけ使ってモチーフを描き、乾いたあと黒く塗りつぶす。それをさらにオイルで拭きとると、下の白い地があらわれ拭きのこされた黒い部分が形象の輪郭をうかびあがらせる。その「非色の逆説」と名づけられた連作は、吉仲が闘ったと同じ、時代の精神病を私たちが生きてこそ、ほっとため息をつくように見ることができるのかもしれない。

（『戦後美術を読み直す　吉仲太造展図録』光田由里編・渋谷区立松濤美術館　一九九九年）

IV

きりん　大阪　1948―62　尾崎書房―日本童詩研究会

たとえば天上から踏みだされた水色の巨大な長靴、新聞紙に黒い絵の具をたっぷり浸まさせた筆（筆でなければ手か足か？）で曲線をひねったもの、あるいは二本の折れ釘が地面にささったような絵や、ベタ塗りした丸、三角、オタマジャクシみたいな形が画面いっぱいに散らばったり、青色を筆先でチョンと置いて点綴した目の覚めるような余白。これらはすべて抽象、アブストラクトの絵である。

一九五三年ころから『きりん』では毎号、抽象画が表紙をかざった。その絵はほとんどが子供によるもの。子供の抽象画、子供に「抽象」という概念はあるのかと疑いもわくが、いまはそうと言っておく。『きりん』の縦横とも十七・六センチという正方形の判型はドーナツ盤レコード・ジャケットとほぼ同じサイズで、手にとるとわずか三十六ページの、紙もあまり上等ではない薄手の雑誌だとわかる。色刷りの表紙、上辺または左辺に〝きりん〟と切り絵文字によるタイトルと号数、印刷発行日などを記す小さな枠があるだけのシンプルなデザインである。正方形のなかに子供の抽象画はいきいきと引きたっている。

『きりん』は一九四八年二月、大阪の尾崎書房から創刊された。当時、毎日新聞学芸部副部長だった井上靖（一九〇七－九一年）が「子供の詩と童話の雑誌」をつくろうと詩人、竹中郁（一九〇四－八二年）に監修を依頼し、誌名は竹中が命名した。創刊号はB5判二十八ページ、脇田和が表紙を描く。児童雑誌としては、戦前の『赤い鳥』を彷彿とさせるものだった。「日本で一番美しい詩とお話の本にしようというのが、このざつしを作る私たちの願いです」と後記にあるように、敗戦後の混沌とした世相から出発しようとする気負いがうかがえる。「できればこのざつしはみなさんの作つた詩や作文で全部を埋めてしまいたいと思います。」と記したあと「みなさんの絵もいれたい」とあり、創刊の準備では子供の絵はじゅうぶんに集まらなかったのだろう。それに創刊時の『きりん』はまだ子供の絵の雑誌ではなかった。

『きりん』が子供の絵と深い結びつきをもつ重要なきっかけとして、吉原治良（一九〇五－七二年）との出会いがある。『きりん』の編集実務をまかされた浮田要三（一九二四年－）が表紙絵の依頼で、吉原をたずねた。そのころ吉原は作品に子供の姿を描いたり、自身代表を務める芦屋市美術協会の主催で阪神間童画展覧会（一九四八年十二月開催）の企画に携わるなど、子供への興味を強くしていたようである。このとき具体美術協会はまだ誕生（一九五四年）していないが、吉原が『きりん』と出会うことで、のちに子供の抽象画が誌面を賑わす伏流となった。また浮田要三は吉原の誘いを受けて具体美術発足まもなくメンバーとなり、『きりん』編集者と同時に美術作家としてデビューする。阪神間童画展覧会はのち『きりん』とも関係する童美展に引き継がれるなど、あらゆる胎動は創刊の一九四八年前後に始まっていたといえる。（浮田は現在も美術作家として制作にとりくみ、童美展は二〇〇六年で五十六回目を迎えた）。

梅田にあった尾崎書房では毎日のように井上、竹中らが集まり、談論風発して『きりん』の贅沢な企画をたてた。新たな編集員に、ともに詩人で新聞社に勤める足立巻一（一九一三-八五年）、坂本遼（一九〇四-七〇年）が加わり、子供の詩と綴方の雑誌として充実をみせる。だが、創刊一年を経ず維持困難となり休刊を余儀なくされた。廃刊の意見もでたが、社主はじめ編集実務の星芳郎（一九二二-二〇〇四年）、浮田要三から「淋しくてやりきれない」との声もあがり、制作費軽減の方針で判型を正方形に一新し『きりん』（第2巻2号／一九四九年六月）は復刊を遂げる。

その後『きりん』は二十三年の長きにわたり通巻で二二〇号を刊行する長寿雑誌となった。ただ一九六二年、版元を大阪から東京の理論社に移して以降の『きりん』は、雑誌の方針も性質もかなり異なるものとなり、ここでとりあげるのは大阪発の『きりん』のみに限る。理論社での九年を差し引いても、大阪から刊行された『きりん』は十四年つづいている。足立巻一は「地方文化の渦〈大阪〉—童謡雑誌『きりん』の歩みから—」（『思想の科学』一九五四年十一月号／講談社刊号）のなかで『きりん』の特色を四つあげて示した。一、毎月確実に発行していること。二、発行者が教育家でもなければ文学者でもなく、また出版屋でも金持でもない二人の青年だということ。三、童詩の研究機関を各地に組織し、また『全日本児童詩集』三冊をまとめるなど、雑誌に並行して充実した仕事をしてきたこと。四、商業性を少しも帯びず、店頭販売もせずに約四千の固定読者を持っていること。二人の青年とは、創刊から『きりん』編集の実務をまかされた星芳郎と浮田要三にほかならない。足立はこの一文で二人が編集に携わる日常を詳しく描いた。

すでに尾崎書房は解散し（一九五〇年）、その後『きりん』は編集兼発行人を星芳郎、発行所を日本童詩研究会に置いた。発行所名は堂々たるものだが訪れてみると「大阪の古い遊郭の一つ、松島新地と電車通り一つへだてた東側の、二坪のバラック」で「トタンぶき、板壁で物置小屋よりも貧相で、内部も板敷、折りたたみ式手製の寝台兼机が空間の半分以上を占め、板壁には活字ケースと手摺印刷機がもたせかけてある。」しかもここは星芳郎夫妻の住居でもあった（バラックは浮田兄の敷地にあり浮田夫妻は兄宅の二階借りをしていた）。

二人の日課は朝からオートバイで分担を決めて近畿一円の学校を訪問してまわるのに始ま

る。行った先で子供をあつめて詩の朗読をし、先生たちと語りあい、児童作品を寄せてくれるように依頼し、『きりん』購読の予約を取りつける。浮田「まるで詩の行商人のようなものです。」おそく編集所にもどると夜九時までは編集事務にとりかかった。毎日をフル回転していても経営内容はおもわしくなく二人の収入は一九五〇年頃で一人あたり月三千円ほどだったという。

足立巻一は星と浮田のことを「文学が好きだったことはひとときもない」「文学に経験を持ったことはないそうだ」「教育にも文学にも無関係の復員青年」「むりにいえば子供が好きで誠実だというぐらいで童詩の運動に適性があるとも思えない」と彼らの非インテリ性をしつこく揶揄する。その揶揄は二人が何度も廃刊の危機を乗りこえ、採算の見通しも立たない仕事に一切を賭けて『きりん』を出しつづけてきた畏敬の裏返しでもあった。彼らが健康な青年であり、たまたま従事した原稿集めや学校訪問の仕事での教師や子供たちとの繋がりを大切にし、勤勉で誠実でねばり強さを持ってこそできたと言いたかったのだ。「文学者だけで始まっていたらとっくになくなっていただろうし、出版屋ではソロバンがあうまい。やはり二人は絶対必要だったのである。」

そうして子供のいる現場を日常とし、編集作業で何万という詩に目をとおし絵を見るなかで育まれたのは、子供の表現を的確に判断する目であったのだろう。詩、綴方の選評はそれぞれ竹中郁、坂本遼が担当したが、表紙、誌面のカットの絵は主に浮田が選んでいた。日本童詩研究会に発行所を移した一九五〇年ころから誌面に子供の作品（図画工作というべきか）が多く採用され（稿料が不要という理由もある）、年を追うごとに抽象表現が目立ちはじめる。子供の描きそうな花や木、犬やライオン、お母さんの顔、家などといったモチーフはある時期にほとんど姿を消した。

浮田が吉原治良を通じ嶋本昭三（一九二八年-）と出逢ったことも『きりん』の子供の絵の見方に指針をあたえた。一九五三年四月号所載の嶋本によるカットは浮田にとってかけがえのないものになった。嶋本はたくさんの紙反古に描いた抽象画を箱に入れて持ってきた。正直に浮田は彼の絵を理解できなかったそうだ。「こんなん紙くず屋でも横向いて通るで！」と思ったという。嶋本から作品を受けとると浮田は転げ回って笑った。その痛快な哄笑は真理、存在に触れ天に発したもののようだ。

浮田は嶋本の絵との出会いをこう記した。「心のこもった旨い食べ物を食べた時のように、食べるにしたがって、その旨味が味わえるようになってきたのです。それも一時的な、思いつきの良さではなくて、軀全体をもちあげられる程の力強い感動を覚えました。」（LADS通信⑤ 二〇〇四年五月／LADS GALLERY）

『きりん』には子供の作品にまじって、子供の表現と区別のつかない大人、多く具体美術の

きりん　大阪　1948-62　尾崎書房―日本童詩研究会

作家による作品が含まれている。美術作家として自身の芸術観に照らしながら子供の作品（図画工作）と対等に向きあい、子供の表現を考え、みちびき、ときに吸収して学びとろうとする姿勢をもっていたからであろう。

わたしたちが、まだいちどもみたことがないようなかたちや色のつかいかたやぬりかたが、おもしろく、またうつくしくあらわされているもの、また、はじめからわからなくてもいつか心のそこにきざみこまれるようなわざとらしくない絵、それらが絵のいのちだとわたしはおもっているのです。

嶋本昭三「ひょうし絵について―絵と工芸―」（『きりん』第八巻一号／一九五五年一月）

子供に「抽象」の概念があるのかどうか、と冒頭に書いた疑いは、初期状態の（たとえそうでなくても）子供に対して「絵とはなにか」「なぜ絵を描くのか」と問うことが非論理的なのと同じかもしれない。そういうことを考えるのは大切だが、大人の理屈におちいりがちになる。それに『きりん』にはそうした疑いに対してためらいがない。『きりん』を作った二人の青年は芸術家ではなかった。だからこそ『きりん』のなかの子供のことば、絵、表現には、まだ解かれないまま、私たちの社会、引いては人間へとむけられる問いの形としてのこされているのではないだろうか。

街の律動を捉えて――編集グループSUREの本

祇園の交差点で傘を差して、うつむいて私は歩いていた。というのは、文庫を右手に読みながら歩いていたのである。「あぶないよ」と前方から声をかけられた。ハッと顔をあげると、北沢恒彦さんが笑って立っていた。「何読んでる?」と文庫を取りあげられ、黒ぶちメガネを額にかざしながらタイトルをすかさず調べられた。文庫は磯田光一の『思想としての東京』。東京の大学を卒業して、家業の寺を手伝わされながら、まだ私は、いずれ東京に舞い戻るような気がしていた。北沢さんは「ふーん」と言ったきり何も言わず、「じゃ」と手を挙げて祇園を西下していった。思えば、八坂神社の朱い門を背に、黒衣の坊主が本を歩いて読んでる姿は、人目にちょっと目立つのかもしれない(あとで確認したのだが、北沢さんの目線から、わたしが朱い門を背にするという位置関係はあり得ない)。そのころの私は「思想としての京都」にことごとく反発していたのに。北沢さんは伯父の親友だったことに始まり、祖母、父母、私と三代につらなる付きあいがあった。

「北沢恒彦。1934・4・22～　評論家、市民運動家。京都市生まれ。60（昭35）年同志社大、88年大阪市大大学院修了。朝鮮戦争下の高校生時代に平和運動で逮捕され、その体験を発酵させた。62年思想の科学研究会のなかに「家の会」創立、日本の家制度に取り組む。同年京都市役所に勤務、主に中小企業指導所にあって、市井の経営改善、労働条件の向上に黙々といそしむ。65年京都べ平連結成事務局長役で学者から学生までの広範囲な人々をまとめるのに粘り強さを発揮。生活者のたくましさと、革命家のロマンチシズムを合わせもつ、思想の科学の生んだ生活思想家（後略）」

『現代日本　朝日人物事典』（一九九〇年／朝日新聞社／執筆は小中陽太郎）

この記述の延長上にあたる、いくつかの事実を書いてみたい。結果として、北沢さんから受けつがれた編集グループSUREの解説になると良いのだが。

北沢さんの遺著『隠された地図』（二〇〇二年／クレイン）に付された年譜の一九九八（平成十）年六十四歳の箇所に「一月、個人ジャーナル『SURE』の刊行を本腰で始める。」とある。

自作のコラムや引用記事を中心とするコピー誌だった。三十人内外の知人にだけ配られたという。その三年さかのぼる一九九五年の記載「三月末、京都市役所を定年退職。かつて米屋だった実家の店先を改造して書斎とし、編集グループ〈ＳＵＲＥ〉工房を名乗る」。祇園ですれ違ったのはこの頃で、それからしばらくして会ったとき「事務所を構えたから一度遊びに来んか」と誘われた。

北沢さんが亡くなったのは一九九九年十一月二十二日、「夜、左京区吉田泉殿町の実家、もと米屋の店先だった書斎にて自死」だった。倦怠感など体調不良に悩まされていたそうだ。個人的な理由から私は葬儀も、追悼会へも参加しなかった。

昨年（二〇〇五年）暮れ、北沢さんの生家を訪れた。路上で北沢さんの長男、作家の黒川創さんと妹の北沢街子さんと会ったのだ。近くの檀家でお参りを済ませたところで、あとの仕事もないから「ＳＵＲＥに来ない？」という誘いに吉田泉殿町へタクシーで直行した。家にあがると「親父にお経あげてってくれる？」と黒川さんが言う。古びた仏壇、私は初めて北沢さんに手をあわせた。

板の間に、SUREの刊行物が所狭しと積まれている。SUREを後継した街子さんが最初に手がけた本、『もうろくの春　鶴見俊輔詩集』(二〇〇三年)は掌大の正方形をした気持ちのいい造本である。初刷り三百部は手製本で、まず街子さんが製本の指導書を繙くところから制作工程を立て、約十人体制で半年かかって作りあげた。すべてを自給自足でまかなうプライベート・プレスを思わせる。だが、手製本はそれ一冊きりで(街子さんが個人的に作る本は除いて)、訪ねたとき手渡されたのは「セミナーシリーズ《鶴見俊輔と囲んで》」の第一冊、井波律子『「論語」をいま、読む』だった。

このシリーズは鶴見さんをホスト役に、ゲスト(作田啓一、那須耕介、山田稔、加藤典洋)を囲んだ「寺子屋風勉強会」の模様を小冊子にまとめてある。製本はざっくりしてるけど、余白に書き込みなんかしてもかまわない手軽なものにしたかったそうだ。くるっと丸めてポケットにもつっこめる。

私は家を見まわした。「無人になった京都のその家は、急速に朽ちていた」(黒川創『もどき』／二〇〇一年／新潮社)。築百年の棟続きの長屋が、両隣は建てかえられ、もと米屋の一軒のみが今はのこる。建物全体がよじれる具合に傾いて、SUREの部屋は壁がこちらへ倒れてきそうに見えた。いまも家は刻々と傾きを変えているそうだ。とくに街子さんは朽ちる家の呼吸を心得たように、父、米屋だった祖父の家で暮らし、SUREの活動を一体としているようだった。

SUREは Scanning Urban Rhyme editors の頭文字から取られ「街の律動を捉える」という趣旨を示す。街の律動は、あの朽ちる家の呼吸からも、感じられてくる。あるときは歩行のリズムを思想として捉まえる。美しいもの、愛すべきもののリズムがそこにはある。私は北沢さんの歩く姿を思いだしていた。

昨日手近にあったものが、今は無限の距離をもって、しかもそこにある。自分を作ってきたものから今日の自分はへだてられる。愛するものは背を向け、しかし今日ほどそれをいとおしんだことはない。

「家の別れ」（北沢恒彦『家の別れ』一九七八年／思想の科学社）

『山羊の歌』の作り方

中原中也の第一詩集『山羊の歌』（文圃堂書店／昭和九年／限定二〇〇部）をある方から見せてもらったことがある。四六倍判という大きさの箱入り上製本、手に重い立派な詩集だとあらためて感じた。学生のころデパートであった中原中也展のガラスケース越しにそれを見たことがあった。いたってシンプルな、高村光太郎筆の墨刷のタイトルと朱刷の著者名だけ配した装幀である。私はまるで美術品を鑑賞するかにためつすがめつ、本体を痛めないよう注意して函から取りだした。静かにページを開くと、余白を充分にとった大きめの活字でコットン紙に刷られた中也の詩が現れた。

私はなにか一篇、好きな詩でも読もうと、姿勢を正して活字に目を走らせたが、まるで頭にはいってこなかった。国産車一台が買える古書価という余念もちらついていたのだろう。たしかに高校生のころ文庫本で親しんだ「サーカス」や「朝の歌」「汚れちまった悲しみに」

が収められているのを確認しただけである。中也の詩はこんな立派な詩集で読まずともポケットにつっこめる文庫がいいよ、という感想をそのときはもった。だが、この文圃堂版『山羊の歌』を制作する上で、中原は詩の内容だけでなく校正から装幀、造本、レイアウトにいたるまで、ひとつひとつ確認し試行錯誤を重ねたそうだ。自分の詩が収められる詩集はこうでなければならないと、彼の理想の書物の形態をじつは示しているのかもしれない。

『山羊の歌』の出版経緯は現在刊行中の『新編中原中也全集』（角川書店／二〇〇〇-〇四年）の本文解題篇にかなり詳しく解説されている。そこから一部、かいつまんでみると、中原は『山羊の歌』を昭和七年四、五月ころ計画し六月までには原稿の編集を終えた。そして同年六年中旬に一口二円で詩集の予約募集を葉書で行なうが十数名しか予約者数がなく、再度予約をつのるも申込は増えなかった。予約金を払っても飲んでしまうだろうというのが中原を知る周辺の考えで、実際そうなったと大岡昇平は証言している。中原は母フクに三百円（一円を三千円に換算すれば九十万円）の援助を受け、二円×一五〇口という計算で自費出版に方針を変える。出版費が捻出でき、印刷所は青山二郎から美鳳社を紹介された。青山は永井龍男と共同で作った二郎龍書房刊の『陶経』（昭和六年／限定五〇部／定価五円）をここで印刷した経緯がある。小さな手動の印刷器械で見開き二枚分の紙の裏表に四頁づつ刷り、製本も手折りという手間と費用がかかるものだった。本文用紙は英国製厚ロコットン紙が用いられ、タイトルは三号、献辞、エピグラフは五号、詩句は四号活字を使用、各詩篇は見開き頁に印刷するレイアウトで中央の綴じ目の行と行の間隔を中原は研究し微細な注意をはらったという。片手間な自費出版を許す印刷屋に、中原はかなり無理を言って本文を七校まで行なったらしい。しかし、それでもう資金が続かなくなり、製本から出版までの引き受け手が決まるまでのあいだ印刷した本文と紙型は友人安原喜弘の家の納戸で二年間埃を浴びながら保管された。その後、昭和九年十一月に中原は文圃堂書店社主の野々上慶一に直談判をし、高村光太郎に装幀を依頼することも含めてようやく出版の目処がたった。文圃堂が決まるまでにも中原と安原は芝書店、江川書房、隆章閣、建設社と根気よく出版交渉を続けていた。一冊の詩集を編集から出版にこぎつけるため中原は二年以上の月日をかけなければならなかった。その間つねに詩集を出さねばならない熱意があったからだろう。

*

昭和四年十一月発行の『現代詩講座』第五巻（金星堂）は「詩の作り方研究」にあてられている。その巻末に「同人雑誌と詩集出版の実際的知識」（以下「実際的知識」）という解説が付録のような形で収められる。その「はしがき」によると、今日多くの詩人が同人雑誌から自費出版の詩集という階梯を経ており、それは「詩人の青春時代とは切っても切れない関係」として「詩壇そのものの何分の一かはそれによって成立ってさえゐる」。そうした詩人の青春時代をかざる同人雑誌、詩集をここでは「どんなに優れたものでも、内容になにが書かれてゐようとそんなことは関係なく」、それが出版物である以上、必ず当面する「外形上の知識を、大体の輪郭から、部分的な知識や注意に亘って、綜合的に説明」する。

筆者名は見あたらないが、文芸誌などの出版編集にたずさわる人でなければ書けない実践的な内容である。誰が書いたのか、私は『詩と詩論』(厚生閣/昭和三年~八年)を編集した春山行夫あたりの名が思い浮かぶが確証はない。春山行夫はいまでも使われるレイアウト用の方眼になった割付用紙を独自にはじめて開発するなど、すぐれた職人編集者としての一面があった。

とりあえず、そのコンテンツを見てみよう。

はしがき

一、材料

イ、活字「書体、大きさ、旧号活字の大きさは、ポイント活字、ゴチック、活字の大きさと使用範囲、欧文活字、罫線・約物その他」

ロ、紙「判、厚さ、種類」

二、編集
イ、原稿の整理「番号をつける、挿図や表、新聞に印刷された原稿、原稿の順序、扉や奥付、奥付、目次、索引、内容の統一、句読点其他、章節の区別、内容の吟味、新聞に印刷された原稿」
ロ、割付「雛型をつくること、頁数の概算、行数の計算、詩集の頁数の概算、指定表をつくる、活字の指定、見出し、見出しの字間、組位置、ノンブルの位置、組代」

三、校正
イ、校正「左右の頁数、柱、見出しの位置、校合、行あき、句読点、行切れ、略字、アテ字、繰返し、外国語の行切れ、減字、外国語の大文字と小文字、余白、符号、校正の例」
ロ、印刷の指定「雛形をつくる、印刷位置、扉、別刷の表や挿絵、印刷費」

四、その他のこと
イ、製本と装幀「製本の指定、挿画、費用」
ロ、装幀「束見本」
ハ、届出書類「雑誌の届出、第一書式、第二書式、書物の出版」

二、販売「書店に出すには、自費出版の部数、手数、附記」

ひとむかし前の編集、印刷、レイアウトなどに関する入門書、指導書と比べて、技術的な面、細かい決めごとの時代による遷移などはあるが、内容の全体的な構成はそう変わらないと見ていい。ただ「現代詩講座」でもあるので、詩を活字にする上で必要な知識が加えられている。また出版上の法的手続きや発禁に対する配慮、出版費用などは、戦後の事情とは無論ちがう。

さきほど中原中也の『山羊の歌』の出版経緯を概説したが、もういちどそれを「実際的知識」と照らしてみると、なにか新しい事実がでてくるのではないだろうか。「実際的知識」が昭和四年ころに書かれたなら、中原が詩集出版を計画した時期と数年しか違わず、当時の出版事情にみあうものだろう。判るところで、ひとつひとつ照らしあわせて検証してみたい。

＊

『山羊の歌』の詩句は四号活字が使用されている。「実際的知識」によると活字の系統には旧号活字とポイント活字の二種類あり、後者のほうが新しく導入された規格である。旧号活字は号と号とのサイズの開きが大きく、ポイント活字は旧号活字の各号数の中間の大きさを

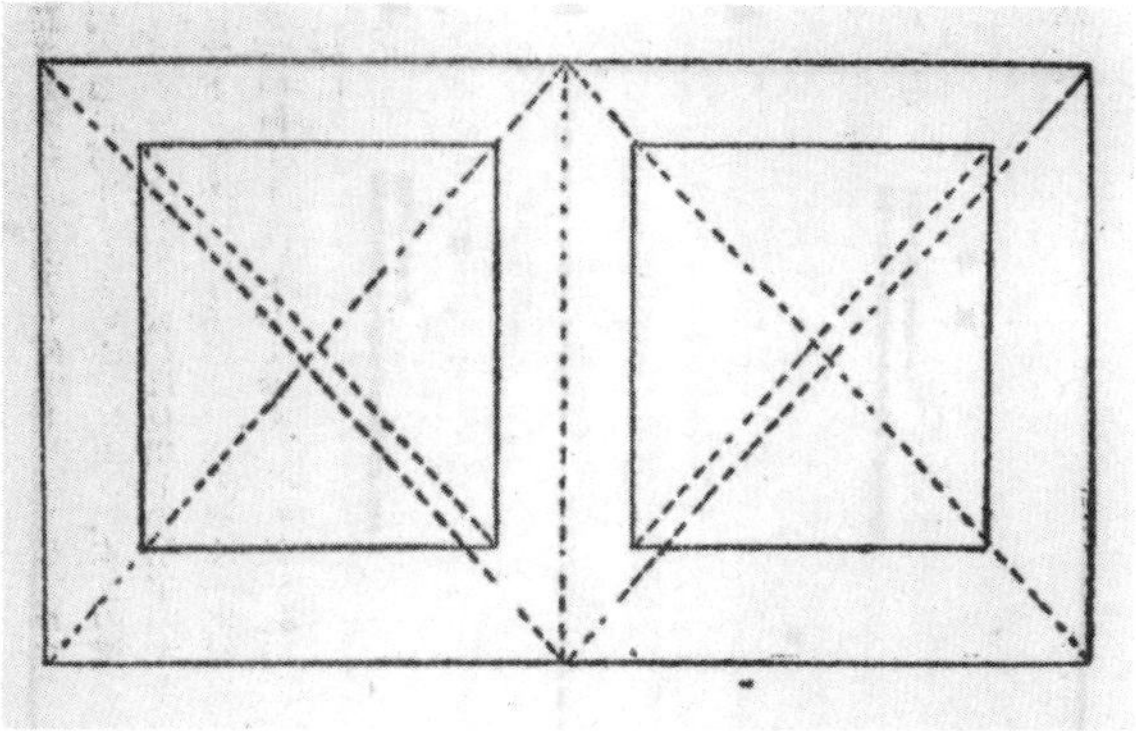

詩集本文の組位置図解。ここに挙げるのは一例で天地左右の長さに応じて幾通りにもできる（「実際的知識」より）。

補ってくれるという。一般的な書籍では五号は9ポイントが基本的で「詩集などには十二ポイントが用ひられることもあるが、大体十二ポイントは『見出し』の活字として用ひられる」そうだ。レイアウトの専門書を調べると四号活字は12・75ポイントである。『山羊の歌』を印刷した美鳳社は小さな印刷所だったので、まだポイント活字は導入されていなかったのかもしれない。ポイント活字は地方や小さな印刷所では完全に普及していず、ゴシック体のポイント活字はポイント専門の印刷所以外は、僅僅9ポ、12ポを持つのみだと記されいる。

紙については『山羊の歌』は英国製厚ロコットン紙を使用している。「実際的知識」によれば当時、舶来のコットン紙は一斤につき二十銭した。他に「ザラ紙―十銭見当、印刷紙―十二三銭見当、コットン紙（和製）―十五六銭、同（舶来）―二十銭、上質紙―二十銭」というのが当時の紙代の相場である。紙別に実際それが使われた詩集や書籍が例示され、コットン紙を使用したものでは室生犀星の随筆集や芥川龍之介の小説集、『近代風景』の紙は薄手のコットン紙を用いている。判形による紙の値段計算の公式が示され、四六倍判一四五頁の『山羊の歌』の紙代を確かめたいが、四六判、菊判という紙の規格から必要分量、枚数を引きだす知識がないので、残念ながらうまく解答を導けなかった。

『新編中原中也詩集』では『山羊の歌』の組方について、本文印刷部面に対する上下左右の余白寸法を図説している。「実際的知識」でも詩集の組位置を図版付で「普通外国の書物で模範とされてゐるのは、次のやうな公式のものである。即ち、判そのものの対角線と印刷部面の対角線とが並行するものをよしとしてゐる」と解説する（図版参照）。『山羊の歌』の組方を見ると「本のノドの部分で詩の連が続いている場合」の本文ページ割付寸法が「判そのものの対角線と印刷部面の対角線とが並行」するという公式にだいたい従っているようだ。

四六倍判、一四五ページの詩集を組んで紙型をとるのに費用はどれほどだったか。「実際的知識」に示される、ふつうの書籍の組代（紙型に取る費用も含まれている）は「四六判一頁　七十銭～九十銭／菊判一頁　一円～一円五十銭」（雑誌は三、四割高くなる）で、詩集の組は字数が少ない分、「四六判一頁　五十銭～七十銭／菊判一頁　六十銭～八十銭」と、いくぶん安い。菊判（百五十二×二百十八）は四六判（百二十七×百八十八）の約一・三倍の大きさ、値段は二割増というところである（詩集の組代の場合）。四六倍判（百八十八×二百五十四）は菊判の約一・四倍なので、値段を菊判の二・五割増として計算すれば、四六倍判は一頁「七五銭～一円」という組代となる。一四五頁の『山羊の歌』は組代に「一〇八・七五～一四五円」かかる計算。

つぎに印刷費について見ると、「四六判十六頁刷」を一台の機械にかけるのを標準に千部の印刷について見積もると、一台「二～三円」し、菊判はその二、三割増だという。組代のときと同じ計算で四六倍判を菊判の二・五割増とすればだいたい一台につき「三～四円五〇銭」となる。『山羊の歌』は小さな手動の印刷器械で見開き二枚分の紙の裏表に四頁づつ刷ったと青山二郎の証言にある。つまり十六頁刷ではなく四頁刷で一台とし「一四五頁÷四頁」はだいたい三十六台必要となる。部数は二〇〇部だが、手動で刷ることを考慮して一台につき「三～四円五〇銭」として計算すると印刷代は「一〇八～一六二円」かかる。

中原は『山羊の歌』を三〇〇円の予算で制作をはじめたが、「実際的知識」から算出した組代「一〇八円七五～一四五円」、印刷代「一〇八～一六二円」、これだけで「二一六～三〇七円」が必要である。これに紙代と中原は印刷屋を説きふせて七校までしているので、製本ができないまま資金がつきてしまったのはうなづけることだ。

製本代は四六判一五〇頁位の書物で一冊あたり、薄表紙のものは「七銭〜十銭」、厚表紙のもので「十五銭〜二十銭」する（布表紙の場合は厚表紙に更に十銭増くらい）。厚表紙の四六倍判がどれほど費用がかかるか判らないが、仮に一冊、二十五銭として、二〇〇部を製本したとすると五〇円が費用としてさらに必要であった。

「実際的知識」の最後に、標準的な自費出版の費用計算の仕方が載っている。

標準　四六判一六〇頁の詩集三百部限定出版

「組代」一頁六十五銭の割	一〇四・〇〇
「印刷代」十六頁に付二円五十銭の割	一二五・〇〇
「紙代」一冊が大判二枚半であるから、全体で一連半の紙が要る。印刷紙百斤見当の用紙一連十五円の割であると	二二・五〇
上質紙百斤見当で一連二十二円のものであると	三三・〇〇
「製本代」は薄表紙を十銭とすると	三〇・〇〇
厚表紙を二〇銭とすると	六〇・〇〇
「その他」表紙の製版、雑費	一〇・〇〇

このように見積もると、普通の印刷紙に印刷して薄表紙では、費用の合計一九一円五〇銭で一冊あたり平均六四銭程度になる。上質紙に印刷して厚表紙では費用合計二三二円〇〇銭、一冊七八銭。さらに布表紙にすれば費用合計二六二円〇〇銭、一冊八八銭見当となる。『山羊の歌』が紙代、印刷代で三〇〇円かかり、さらに製本代に五〇円、その他の雑費に一〇円(実際にはもう少しかかるはずだが)を必要とした場合、合計費用は三六〇円、一冊一円八〇銭見当となる。また「実際的知識」では「函代」について触れられていず、ここでは不明のまま除外している。

もういちど『山羊の歌』の書誌を確認すると、頒価三円五〇銭、限定二〇〇部のうち五〇部は寄贈、市販は一五〇冊であったので、最低でも一冊を二円四〇銭で売る必要があった。書店で取次販売をする場合、定価の七掛で売られるのであれば「三円五〇銭×〇・七」で支払われる代価は二円四五銭であり、仮に原価が二円四〇銭ならば頒価の三円五〇銭は必要最低限の設定であったことが知れよう。

中原中也は「詩集おかげ様にて『収支つぐのつたから今後ボツボツ売上げを渡してやる』と云つて来ました」(昭和十年一月二十三日付)と友人安原喜弘宛書簡に記している。文圃堂書店側は紙代、印刷代、組版代を必要とせず、製本代、函代、雑費だけで、また高村光太郎への装幀料はロハで済んだのだから『山羊の歌』が売れて中原にいくばくかの売り上げを支払うのは当然のことだったと言えそうである。

＊

さて、私はいつかまた『山羊の歌』を手に取る機会があれば、こんどは、そこに並ぶ詩ひとつひとつを、中也が苦心の末、世に出した詩集の形もふくめて——彼の理想の書物に近づこうとしたものとして——愛着をもって感じてみたい。

V

中段を見る――小実昌さんの呉

本を並べたガラス戸棚に、直径が五センチほどの小鳥の巣が飾ってある。小鳥といったが、鳥の種類はわからない。棕櫚の毛のようなもので、ふわっとやわらかく編まれ、底部は唾液でかためてある。そして風でとびそうなほどに軽い。山の斜面の濡れた枯葉のつもる土に落ちていたのをたいせつにもちかえったが、電灯にかざすと得体のしれない微生物がニョロニョロはいだしてきて弱った。

わたしはこういうものをよく拾ってくる。どこかに行ったときの思い出みたいなもの。小鳥の巣、じつは田中小実昌さんが育った呉の家の庭で無断でひろった。いや、来意をちゃんと告げようとしたが留守だったのだ。それに、門をとおって玄関にまわらねば呼び鈴がなく、必然的に敷地へ入ってしまっていた。キャットフードをいれた食品トレイが軒下に置かれ、玄関前に立ってると三、四匹の子ねこが足元にまとわりついてきた。わたしは子ねこにそう断って、ほんのすこしだけ庭の斜面をのぼらせてもらった。小実昌さんの家は、呉の町と港をみおろせる山の中腹にある。ここを、まさか訪ねあてるとは思わなかった。

＊

ひらったい港町はめずらしい。また、ひらったい平地の港町というのは、たいてい工業用かなんかでつまらない。呉の町も三方を山がとりかこみ、南に軍艦がうかぶ湾がえぐれこんでいた。

「大正14年…」（『田中小実昌エッセイ・コレクション6　自伝』／ちくま文庫／二〇〇三年）

呉の駅を降りたとき、これが小実昌さんの育った地だというほか、わたしが知っていたのは、この町のどこかで小実昌さんの牧師だった父が十字架のない風変わりな教会を作ったこと、かつて軍用港だった呉には各地から人がやってきておどろくほど人口稠密な町だった、という二、三のことで、それも小実昌さんの本で知ったことである。その日（二〇〇四年九月六日）、たまたま広島まで来たので思いたって広島駅から電車で一時間の呉を訪ねた。

三方山にとり囲まれた港町の中心は、小実昌さんの言うとおり平坦でつまらない。どこを歩いても単調な町並で、むかしのままの一角が見あたらないのは、軍の要衝地として空襲で徹底して焼きつくされたためだろう。しかし、小実昌さんが「つまらない」と言うのは、おもむきある町並がないというのとは、また違う。むしろ町のなりたちに由来することだった。

先日、「呉市中通ノ夜景」をうつす戦前の絵はがきが新聞（二〇〇四年十一月二十九日付「朝日新聞」）に載っていた。それは、盛り場らしい道幅のあるまっすぐな街路に、左右一対の鈴蘭灯と商店の光が見事なパースペクティブをなしていた。呉が軍港町として栄えたころの写真だろう。そのイルミネーションは絵はがきになるくらいだから、当時として目あたらしく、圧倒的だったにちがいないが、この夜景図、よくみると街頭にだれひとり写っていない。露光時間が長かったためか。なにか人工的で博覧会会場のように見えた。いまだと新興開発都市で駅前のメイン・ストリートに、ちょっとこんな感じがある。戦前の呉には、海軍の士官とその家族が住み、また大規模な海軍工廠に働く職工たちだけでも相当な数がいたという。夜景図は、その人のざわめきが消去されているのだ。この奇妙な光景は、ふつうの港町とは様子のちがう戦前の呉の町をすこしうかがわせた。

戦前の呉はよそ者ばかり集まった町で、文化や伝統のかおりなどまったくなかった、と小実昌さんは書いている。だが人にあふれ、すれっからしたこの町を否定もしなければ肯定もしない。

「伝道をするのには、こんなわるい町はないな」と父がわらっていたのをおぼえている。ただし、くりかえすが、父はわらって言った。

『アメン父』（河出書房新社／一九八九年）

わるい町、つまらない町なのだが、こんな町もいいんじゃないか、と牧師だった父も小実昌さんも、わからないが、そう思っていたような気がする。センチメンタリズムでもないのだろう。

＊

一九二九（昭和四）年、小実昌さんの父、田中種助は呉のバプテスト教会の牧師に招かれた。教会は本通九丁目（現、本通四丁目）から中通へとぬける狭い道にあり、すぐそばに市場があって人どおりが多い道だったという。

『呉キリスト教史』（呉キリスト教史編集委員会編／一九九四年）の「日本バプテスト呉基督教会」の章に呉バプテスト教会の来歴とともにバプテスト教会の教えが概説されている。呉市の図書館で地図や田中小実昌の著作にあたっていると（『アメン父』〈講談社文芸文庫〉、『ユリイ

カ臨時増刊　総特集田中小実昌の世界』〔青土社／二〇〇〇年六月〕などをあらためて閲読）、この大冊の本を館員のおじさんが出してきてくれた。小実昌さんの義弟伊藤八郎氏の書いた「アメンの友（前身　アサ教会）」の章では、田中種助について詳述されている。

バプテストとはなにか。バプテスト教会の信徒は水に全身を沈めて洗礼を受けるという。それを浸礼、バプテスマとよぶ。また幼児洗礼を避け、洗礼にはみずから信仰による神の恵みへの応答ができる成長をまち、各人が信仰の主体となる。教会と信仰生活の基準は聖書におかれ、聖霊の導きによる自由な聖書の読みが重んじられている。固定化した教理や信条、教権などは持たず、教会もまた自主独立の主体となる。そして信仰とは「聖霊の出来事」である。

田中種助（一八八五〜一九五八）は、牧師のいなくなった呉バプテスト教会でなんどか集会をもったのち、信仰に共鳴する教会信徒有志によりまねかれ、一家で牧師館に移住した。種助氏は明治末に北米シアトルに居留し、そこで日本人組合教会の牧師だった久布白直勝に洗礼を受けた。久布白牧師は、理知信仰としてのユニテリアン（宗派の名）で、社会改革のようなことを宗教（教会）が別のものとせずとりくむところがあり、アメリカの種助氏もユニテリアンとして活動をした。しかし、そこから種助氏ははなれていく。帰国して教会に招かれ伝道に従事するなかで、種助氏は信仰は理知的なものではなく、神の霊能より来るものだという徹底したモチーフにみちびかれる。モチーフという言葉を使ったがアーメンと言ってもいいのだろう。種助氏にとって「宗教なんてことよりもアーメンだった。アーメン、イエス、イエスの十字架……。」

「父は、信仰を持てないことになやみ、アーメンを受ける」「アーメンは信念ではない」「アーメンはもたない。ただ、さずかり、受ける。もたないで、刻々にアーメン……」。もはや教えなどは言葉（説明）だけでは理屈にすぎない。種助氏がアメンのただなかに立っていたことを小実昌さんは『アメン父』に書いた。そして「（いまでも）アメンが父をさしつらぬいていることを、なんとか書きたかった。」とあとがきを括っている。カッコのなかの「いまでも」とは小実昌さんのメッセージであるが、どこか天上のようなところから発せられたようにもみえ、小実昌さんが種助氏について書こうとして、アメン父の像に近似するために「（いまでも）」という認識（確信）なくしてはできなかったのだろう。

＊

商店街や飲み屋の密集した通りをぬけ、呉バプテスト教会はいまでもおなじ場所にある。教会は近年たてかえられた特徴のない建物で、前の道は拡張されたのか二車線になり、歩道もある。しかし、人も車もまばらにしか通らない。ほんとうにそこは、特徴のないことが特徴になることもしない、ただの教会だった。
ところで教会のはす向かいには呉シネマ1・2という映画館が建っていた。小実昌さんの映画館通いはこの町からはじまった。

のんびり、せっせと、ぼくは映画を見にいった。自由を味わっている気持ちだった。自由というものを感じたのは、このときあたりがはじめてだったかもしれない。

「父と特高」(『ユリイカ臨時増刊　総特集田中小実昌の世界』)

「自由」と感じる、小実昌さんにしては手ばなしな言い方になるなにかが、呉での映画体験にあったのだろう。かつて小実昌さんが住んでいた町内に、いまは映画館がある。

＊

雨雲に山が見えかくれしていた。町の中心はほとんど平地だが、湾側をのぞいた三方をとりかこむ山はすぐそこへせまり、小実昌さんが子供のころチンチン電車が走っていた道は、ゆるいのぼり坂である。その路線は教会のあった九丁目からでて、終点には遊郭があったという。正式な町の名でなく「十三丁目」と呼ばれた。

この電車には、みょうな女たちがよくのっていた。首すじにべたべた白粉《おしろい》を塗った女たちだ。なかには、ムチ打症の患者が首にはめてるギプスみたいに顎のあたりまで、べったり白く白粉をつけた女もいた。このみょうな女たちが、みょうな、御殿みたいな家にいることは、すこしあとになってわかった。

「大正14年…」

遊郭は朝日町にあったという。地図では川に沿って縦に長い町。しばらく、地理がわからずにうろうろしていた。「みょうな、御殿みたいな家」は一軒もなく、レンガで入口のふさがれた元喫茶店らしい家がみょうなものだった。植木鉢が欄干にならぶ古びたコンクリート橋の親柱に「朝日橋」と刻まれていた。遊郭の名残も空襲で焼きつくされたのだろうか。うろついてたら雨がいきなりきつくなってガレージの軒下で雨宿りなどしてると、どうもおセンチな気分になってくる。

見るものと、見られるもののあいだには、根の深いところでつながった共犯関係のようなものがあるのではないか。見られるものは、そのときどきに創られているのではないか。エカキがカンバスに絵を創るといったものでなく、見ることと、見られることで、おたがいが創られているような——。

「大正14年…」

*

地名で言えば東三津田にのぼる坂下に文字の剝げかかった住宅案内板があった。道先のつきあたりの一段たかくなったところには小実昌さんが通った三津田高校の校舎が見える。案内板を見ると、坂道を登りきって人家のとぎれたところにポッンと「アサ山アメンの友／伊藤（八郎）」とあった。小実昌さんが育った家である。伊藤八郎氏は京都大学理学部を卒業後、アサ山の教会に来て種助氏をたすけ、種助氏が亡くなったあと牧師になり教会を引きついだ。また小実昌さんの妹の夫である。先にも書いたが『呉キリスト教史』には伊藤氏が「アメンの友（前身アサ教会）」で種助氏の小伝を書いている。小実昌さんは「アメン父」を書くにあたり、伊藤氏が収集し整理していた種助氏に関する文献や資料をもちいた。種助氏がアメリカにいたころの日記も伊藤氏が解読している。わたしは、種助氏のあとを受けて牧師をしつつ、なお種助氏を追っている伊藤八郎という人にも興味をおぼえる。

さて種助氏が名づけた「アサ山アメンの友」の由来である。伊藤氏の小伝によると、種助氏は呉にいたる前、自分に霊感が消え、神の臨在を感じられなくなる苦悩の時代があった。そのドン底での絶望の末、彼は忽然と「観照の光明」に接し、「生けるキリストの十字架上に支えられる」のを強く感じる。その発見を種助氏は説いてまわり、アサヒノ教会設立に従事した。昭和三年八月佐世保バプテスト教会牧師の志望により、八幡製鉄所の番小屋で「アサ会」を設立、「信仰不徹底自覚者に呼び掛けることを決意」、後にアサ会運動の起源となる。信仰の不徹底さに自覚を感じて苦悩にあえぐ人たちがそこに集まった。種助氏は「アサとはどういう意味か」に答えて「アサの名は、宗教は最初から聖霊の光りに始まるべきことを示したもので、その後は『アサを受けたか』などその内様を代名した」という。教会では「熱火のごとき祈り」が満ち、「祈ることとあたわざるほど急激」となって、やがて「叫びとなり言葉をなさない讃美」となった。アメン、アーメン刻々にアメンがあった。

中段には十字架もなかった。これも、父や、いっしょに教会をつくった人たちが相談して、新しい集会所には十字架をたてるのをやめよう、ときめたのではあるまい。父が、十字架はいらない、と言っただけか、それさえも言わず、ただ十字架がなかったのか。

『アメン父』

種助氏はバプテスト教会を一九三二（昭和七）年に辞して、東三津田の山の中腹に教派に属さない教会（集会所）をひらき、一家もそこへ移った。種助氏は教会堂を、建物の位置関係が中段にあるから、ただ「中段」とよんだ。小実昌さんは中段のことを「まるっきり形容詞のない建物」と書いている。山の斜面の一番下に小実昌さんたち家族の住む家があり、小径を折れまがってあがったところに中段、ずっと上の尾根にも茶屋風の家があって上段といった。小実昌さんは中段では「いわゆる宗教的なものは、そっくり偶像になりやすい」ことに関係して、父は十字架さえ立てなかったのかとも、自問している。

> 中段の建物はタタミが十二畳でそれにつづいて広い廊下がある。廊下のよこが玄関だ。／玄関をはいると、またべつの廊下でいちばん奥は便所。この便所と、ぼくたちが住んでいる家の便所とは、においがちがうのが、ぼくはおかしかった。おなじにおいもするが、ちがうにおいもある。
>
> 『アメン父』

中段はそんな建物だったのかもしれない。わたしは、その中段をじっさい見てきたのだ。

ウッソウといった感じがない雑木の林のなか、その建物はたっていた。傾斜に建つ古びた日本家屋。なんのかざりもない建物である。わたしは小径を中ほどまでのぼり、もっと近くでみたかったが、やはり庭へ無断で侵入しているので躊躇して引きかえした。おりる小径の途中、小鳥の巣は落ちていた。

＊

呉の港を見おろしながら坂をくだっていると、わき道から瓜を抱えたおばさんがでてきて一緒になった。見かけない顔といった風なので、田中小実昌さんの家を訪ねてきたと言った。すこし納得したようで「誰もいなかったでしょ」と土地なまりで言われた。わたしは伊藤八郎さんの消息について尋ねると、伊藤さんはもう亡くなられたという。小実昌さんの妹も最近に亡くなったそうだ。それを聞いて、ここへ来たことがなにか軽率だった気がした。教会のほうはもうやっていず、いまは娘さんの家族が住んでいるという。「みんな、朝早く出かけるから」とおばさんはやけにくわしい。六時くらいには帰ってくるだろうから、もうすこし待ってはどうかとすすめられたが、わたしは帰る時間だからと遠慮して、瓜を抱えたおばさんと坂下でわかれた。

＊

ふたたび「アメン父」を読むうち、中段を見たことに感動してくる。下から見あげたところ、明るい木立のなかにひっそりとたつ姿。聖跡というのはこんなものかもしれない。それはわたしの宗教（文学？）的なものが偶像化したのか……。

彼、旅するゆえに彼——田畑修一郎

が、或る日切つて落としたやうに、例外だといふ風に、一日だけ何だか季節がためらつたやうに暑くも涼しくもない日があつたかと思ふと、次にはあの初秋の前触れである強い南風が吹いた。それは暑いといふよりは何だか蒸し蒸しする、騒々しい、遠く起つたかと思ふとすぐ間近にやつて来、草木をなびかせ、捲き、吹きつけ、魂をゆすぶるやうな大きな小止みのない風だつた。

田畑修一郎「医師高間房一氏」（昭和十六年）

野分は二百十日、九月一日前後に吹くというので、昨年九月初旬の台風十四号はめずらしく暦通りの襲来で、鹿児島に上陸したらしい予報を気にしながらわたしは島根県益田に入った。夕暮れの山陰本線に浜田から下り列車へ乗りこんだときは雨も小止みとなった。さっきまで、広島―浜田間の高速バスでは景色をかき消すひどい雨の山あいを走りぬけてきたので、雨脚がゆるんでほのかに明るくなると、日本海側に出たのだと気づいた。このわずかな変化が、田畑修一郎の書く山陰の風土を表していた。

明さの中に、一脈の暗さが走つてゐるのだ。そして、この幽かな暗さこそは、実に、なだらかな平凡な山村、谷、田野、砂浜、いたるところの空を貫き、あたりに瀰漫してゐるものであり、何か遠い空を吹く風のやうなものであることに、あらためて気づく。

「出雲　石見」（昭和十八年）

益田に着いたころは日が落ちていた。浜田を出て、いりくんだ海岸線に荒れた海を眺めながら、この景色にわたしは見覚えがあった。二十年前、中学を卒業した春休みにはじめての一人旅で萩まで行ったとき、やはり同じ時間帯にこの区間を通ったのだ。日のあるうちは、幕末ファンの中学生は吉田松陰と高杉晋作を慕って期待にふくらんでいたのに、窓に自分の顔が映りだすころになると、遠く家をはなれてしまった不安で泣きそうだったことを、益田平野にさしかかり田野のなかに町の灯りを見いだした途端おもいだして「幼いなぁ」と苦笑した。

このあたりの景色は田畑修一郎のころから目だって変化はなさそうだ。「浜田以西を汽車で来ると、海のすぐ傍まで山が押し出した地勢がつゞくが、石見益田の手前に来て、急にぱつと暢やかに開け、一種艶のある風光のなかに入る」という明るいなかの景色はのぞめなかったが、闇の平野に弧の軌道をとりながら町の灯が近づいてくるのに、車中のわたしと田畑修一郎の視線がオーヴァーラップする。

＊

田畑修一郎は昭和十七年十月、十三年ぶりに彼の郷里、石見益田を訪ねた。十三年前をふりかえれば、けっして帰ることはないと命じた土地であった。

十年ほど前、故郷を出るときに、木岡はほんの墓地の一角だけをのこして、後は根こそぎに、何らかの意味で故郷といはれる土地とつながりのあるものはすつかり断つてしまつた。それは、木岡が幼い時分からよく聞いた男子志を立て郷関を出づ、とはまるで反対の、故郷そのものを自分から断ちきつてしまひたい気持からであつた。

「赤松谷」（昭和十四年）

ふたたび故郷の地を踏むまで、故郷にのこしたものはなにもないと気負いながらも、たえず心は出てきた地方に向いて、帰る日を準備するかのように、彼は自分の郷里からの流離を幾度もつづっている。

昭和三年、田畑修一郎は養母の死を機に、跡を嗣いだ旅館を半年ほどでたたみ、妻子をともない上京した。作家として身を立てるまで十年間は遺産で食いつなごうという心算で。だが年譜をみると昭和四、五年の作品はなく、折しもプロレタリア運動全盛時で、マルキシズム文学でなければ発表の場は殆どのぞめなかった。昭和六年六月、藏原伸二郎、小田嶽夫、緒方隆士、田畑修一郎の同人で『雄鶏　LE COQ』（田畑命名）を創刊している。タブロイド判十六頁（三号まで）という「フランスの文学新聞」のようなモダンな造りであった。創刊号に田畑は短編とラディゲについてのエッセイを寄せる（二号、小松太郎訳のカフカ「兄弟殺し」は、フランツ・カフカのいちはやい紹介だろう）。彼は『雄鶏』を出すための基金に一千円（いまにして三百万ほどか）をポンと出したという。「過去の重荷からとき放たれた」と同時に、背水の陣をしいて筆一本でいどむ心構えであった。

木岡は東京に出て派手な気ままな暮しをして（略）間もなくなけなしの遺産が消えた

頃には、かつて経験したことのない激しい心身の衰弱がやって来た。

「赤松谷」

「蜥蜴の歌」（昭和十六年）のなかで田畑は、栖処《すみか》として建てた小さな家について考えている。まだ遺産に余裕のあるころ、家を建てておけばそれだけは資産として最後までのこるという友達の名案にしたがってのことだが「こぢんまりとした木の香りだけは新しい家ができ上つたとき」、彼はある不安につかれた。

田舎育ちの石岡には家といふものについて思ひちがひをしてゐたのだらう。田舎では、家といふものは石や大木のごとく亭々とし、古び、その中で何代かの家族を生ませ且つ死なせ、なほ悠々と立つてゐるものである。それは動かしがたい根を張つた或る物だつた。

「蜥蜴の歌」

しばられることのない世界をもとめてとび出してゆきながら、しっかりと根をはるような生活へのあこがれ。そのアンビヴァレンスな願望は彼の生いたちにも由来しようか。

田畑修一郎は明治三十六年九月二日、浜田銀行益田支店長をつとめる河野弥吉の三男に生まれた。本名は修蔵、六人姉弟の末っ子だった。母はものごころがつかないうちに病没した。修一郎九歳のとき父が顧客に信用貸して問題をおこし、責任をとり自縊したことで生家の没落にあう。家は長男が継ぎ、三男修蔵は父の後妻、田畑キクの養子となり、河野姓から田畑姓に改姓した。養母は紫明楼という旅館（益田では一流として知られた）を再開し、修一郎は思春期を旅館という環境で送ることになるが、それに彼はなじめず、養母との齟齬も深まった。「鳥羽家の子供」（昭和七年）は、父の死を境にむりやり背負わされてしまった運命へのとまどいを、幼年期の感じやすさで描いた。

成長盛りの年齢の加減もあるだらうが、この頃から軍治の心ははつきりと眼覚めて来た。誰も事の次第を分けて言ひ聞かせて呉れる者はなかつたが、犇めきざはめいた世事の縺れは、唯その中に一個の小さい身体を置いてゐるだけで、軍治には厳しすぎる刻印を打ちつけた。

「鳥羽家の子供」

＊

翌朝、観光案内所でもらった益田市の簡単な地図をひろげ、市街のはずれに戸田柿本神社の名がみえた。戸田は柿本人麻呂出生伝説のある地である。「出雲 石見」のなかで田畑修一郎が、途中弁当をひらいたりしながら、のんびり歩いて行った神社。わたしは海岸道路を貸し自転車で、神社のある西をめざした。

益田の市街から戸田まで、片道三十分ほどペダルをこいだ、いや、行きはほとんどこがずによかった。益田平野を貫流する高津川を越えて河口にでると持石海岸、三里ヶ浜という、名前どおりおよそ十キロ以上の砂浜がはじまる。浜に沿った堤に出たとたん、台風の接近にともなう東からのひどい強風で、まるで帆をかけたように背中に風をうけてペダルをこがずとも自転車は前にどんどんとすすんでいくのだ。

わたし一人だけの海岸だった。ハマボウフウが砂地にへばりついて花をさかせていた。空は幾重にも雲がひくくはやく流れ、とおく波が岩にくだけて十メートル近くありそうな巨大なしぶきを垂直にあげていた。ときどき砂が耳に吹きつける。

この一帯は日ごろでも風は強いらしく、風が波を追いたてて延々とつづく砂浜を形成したらしい。

風は絶えず一抹暗つぽい色合の沖から吹いて来、何となく石見らしい漠としたひろがりを感じさせるのだが、戸田あたりは海岸の防風林から内側になると、妙に静まつた明い穏かさがある。多分、山といふよりも丘陵に近い起伏が、所々に奥まつた日溜りの平地を抱へてゐるからであらう。

「出雲　石見」

国道に「柿本人麻呂生誕地」と書いた巨大な看板を左に折れると、ほんとうに「奥まった日溜まりの平地」という形容がぴったりな、田んぼにかこまれた農道をなだらかに登っていく。風はこの山懐までは追ってこなかった。ふりかえると荒れた海はすでに遠くなっていた。海辺を自転車で走っていたときは田畑修一郎のことは頭から消えていたが、海を離れてこの丘陵地をゆっくり行くと、彼の後ろ姿が次第に見えだしてくる。

秋日の中で、白い土蔵だの荒壁の民家、遠い丘陵の起伏などを眺めながら行くと、半ば眠気がさすやうでよい気持だつた。この丘陵を越えると、谷間といふほどでもないゆるやかな上り傾斜の平地に出る。その奥に、赤い鳥居が見え、上方の木立の中に神社があつた。

「出雲 石見」

彼が書くそのままの景色がわたしの目の前にもくりかえされた。赤い鳥居をくぐり杉木立のなか苔むした石段をあがると、石見赤瓦で葺かれた拝殿があり、右の文につづけて記された「別にこれといふほどのこともないが、それでもよかつた」という感想が頷ける。彼はこの境内で持参の弁当を食べた。わたしは拝殿の段に座り、東京のMさんにハガキを書いたりした。まだ昼前なのにヒグラシがしきりに鳴いている。彼は小一時間ここで過し、神社を降りると、今もそこにある白壁の立派な土蔵をひかえた民家の景色を写生している。鍋井克之のスケッチを思わせる、やわらかな線をした挿絵が『出雲 石見』には数点、収録される。記名はないが著者のスケッチにちがいない。

*

田畑修一郎は、放蕩息子ならぬ放浪息子だった。十五歳のとき肺を悪くしてからは学校にはあまりいかず、転地療養を理由に十代後半からふらりふらり身内をたよってこれという定住所もなく過ごし、自家には往々もどるという習慣で、彼の終生の性癖であった旅へのいざないは、このころに芽生えたものらしい。旅にでると「今この時間だけは、自分には妻子もなければ友人もない、ただこれだけの自分があるのだ、さふ思ふことが例へやうもなく気軽であつた。さういふ瞬間はめつたにあるものではない。木岡が旅行好きなのも、いはばそれを求めてのことだと云へなくもなかつた。何となく素直に、楽しくなる。心の空に白雲の湧くのを眺めてゐるやうな気持」(「花近く」昭和十四年)になるという。そんな旅に田畑は幾度も、それも私たちが旅行といって何泊かして帰るようなものでなく、一ヵ月、二ヵ月以上の滞在で旅にでた。

田畑の長期の旅を年代順にピックアップすると(推測もふくむが)、大正十年(十八歳)、肺尖カタルで茅ヶ崎のサナトリウムに入院中、独断で退院し伊豆大島に渡るが、宿舎がなく一ヵ月で舞いもどる(「悪童」)。大正十一年(十九歳)、入学したばかりの早稲田第一高等学院を一学期の試験間際に休学し瀬戸内沿岸の村に滞在(「悪童」)。昭和四年(二十六歳)、小笠原諸島に約三ヵ月を過ごす(「帰化人の娘たち」)。昭和十年(三十二歳)、不眠による神経衰弱を癒す目的で三宅島に渡島。「南方」「三宅島通信」「石ころ路」には、島のむきだしの自然や素朴な人との交感が、やがて彼の憔悴しきった身体を恢癒へ向かわせる様が描かれる。昭和十四年(三十六歳)、大阪近郊の南花屋敷にある友人宅の離れに約一ヵ月弱、自炊生活する(「花近く」)。昭和十六年(三十八歳)、冬、千葉県外房の御宿に一ヵ月、秋、上高地、信州追分に一ヵ月。昭和十七年（三十九歳）、六月から七月にかけて満州（「ぼくの満州旅行記」）、十月、小山書店の新風土記叢書取材で出雲、石見に一ヵ月（「出雲 石見」）。昭和十八年（四十歳）、七月新潟を経由して盛岡へ入り、盛岡で急性盲腸炎をひきおこし手術を受けるが予後わるく、二十三日午前八時、旅先で急死。田畑修一郎は作品年譜とはべつに、旅の消息を知ることで見えてくるものがある。小さな旅（散歩も考えようによれば）は絶え間なくしている。

＊

このあたりと見当つけ、雨の降りだした古い商店街を行ったり来たりしたけれど、あると聞いた碑はみつからなかった。軒下で往来の様子を眺めていたおじいさんに田畑修一郎の旅館はどこかをたずねてみた。おじいさんはすぐに察して、通りの先を指さし郵便局の隣に空地がある、そこが旅館のあったところだと教えてくれた。おじいさんは「田畑修一郎」とあたりまえに口にしていた。読んで知っているわけではなさそうだが、地元の作家だとわかっていたようだ。お礼をいうと「ごめんなさい」と返礼され、おもわず顔をみて「どういたしまして」の謂だと気づいた。

その空地はあった。商店のあいだに駐車場として使われた空間。碑を探して、さっきから何度もその前を通っていたので「田畑修一郎旧居跡」と示す碑がないのに、まだここがそうなのかと不審だった。それに旅館跡にしては狭く感じられた。わたしは田畑の小説から、庭に囲まれたような、広壮ではないにせよ旅館としてそれなりの佇まいを想像していたので、こんなせせこましく商店に挟まれているとは思いもよらなかった。

旅館とは云ひ乍ら昔風の大きな家を改造し、建増したものであつて、外見は普通の家と殆んど変りのない格子戸が廻してあり、内部へ入ると広い式台のある玄関から真直ぐに長い光る廊下が奥に伸びてゐた。その廊下は三棟の二階屋をつないでゐるもので、戸外から覗いてみると途中にある二つの中庭から、樹木の緑を混へた光が廊下に映り、足音をたてずに忙しく往来する女中達の白足袋などが鮮かに動いてゐたりして面白かつた。

「鳥羽家の子供」

空地は雨に濡れて、その向こうに水嵩をました益田川が流れていた。わたしは空地の真向かいの商店会の事務所に入って田畑の旧居がそこだと確認した。どうしてか碑は取り払われてしまったという。彼の碑が、今はないということが、わたしには田畑修一郎をむしろ感じさせた。

*

田畑修一郎にとって十三年ぶりの出雲、石見行は、取材という外的な理由はあったけれど、いつもの旅でありながら、自分の風土、根をあかす心の内側への旅であった。「のんきに、勝手に、或ひは散文詩に近いものかも知れぬと思ひながら書くことにする」(「出雲 石見」)という姿勢は、彼のゆだねた方法を――それは時代の重々しい空気を、そっとかいくぐるようにして――伝える。翌年に不慮の死をひかえていたとしても、「時には自分からの脱出とか忘却であり、又あるときはまさしく自分にたちもどるため」(「茫然たる感想」)の旅であればこそだった。

死のほぼ一年前の満州への旅行でもそうだ。彼は「山合ひの寂びれて、荒れた、しかし妙に美しい小さな町」横道河子を訪ねた。下痢がつづいて朦朧としながら、それでも彼はとぼとぼ目的もなくわざと自分を迷わすように、町外れまで歩いてきた。そこにあった露人墓地に迷いこむと、彼は意味もなく十字架に書きこまれたロシア文字を読む。かくべつの感慨をもつわけでもなく。

彼の旅は、究極的にただ歩くにまかせ行ったり来たりし、目の前に現れるものにゆだねられる。彼、旅するゆえに彼であるような、風景にとけこんで歩く旅人の姿が、田畑修一郎の理想だったと思う。

*

戸田の柿本神社を引きかえし、海岸通りにでた私は、逆風を受けなければならなかった。行きでこがなかったペダルの分が帰り道にまわってきた。ふたたび田畑修一郎の姿が頭からころげおち無心にペダルをふんでいると、もう風景は眼にはいらなかった。「裏と表」とか「それをひっくり返して見ればつまり…」というのが田畑の口癖だったという。

能登へ——加能作次郎

左手の掌を手前の方に向けて開き、拇指を上にあげて蛇が鎌首を立てたやうな形に折り曲げると、丁度能登半島を中心とした北陸地方の地形が髣髴として来る。拇指の附根から左の方へ斜めに手首の方へかけては加賀越前にあたり、伸した食指の方は越中越後の国々にあたるやうになる。

加能作次郎「能登の西海岸」(『太陽』大正十二年六月)

加能作次郎はそうやって左掌を人へかざし、曲げた拇指の中節の凸角を示し「ここが僕の生れた所なんだ、海士崎《あまざき》といつて、能登半島の外浦を、西海岸と北海岸とに分つて居る岬になつて居るんだが、中々浪の荒い所で和船や漁船などが難船したもんださうだ」と説明する。

京都から能登へ直行する特急は、金沢を出ると能登半島を西岸に沿い北上し、羽咋《はくい》から進路を北東にとって半島を斜めに横切り東側の七尾湾《ななお》へでる。終着は、七尾からひと駅先の和倉温泉で、金沢で大半の人を降ろしてしまったあとの車中は、ほとんど和倉をめざした老夫婦や御婦人ばかりとなった。車内アナウンスが「左手に見えますのは」式に、いま走るところは内灘砂丘なのだと解説をはじめたりした。おだやかな秋の陽が窓から射しこむ。左手首から拇指の中節へ駈けのぼる中途の羽咋で下車したのは、私とわずかに地元の人だけで、駅前は夕闇がせまって寂しかった。富来《とぎ》行のバスは一時間以上、待たねばならない。時間つぶしに歩いていると、写真館の煌々としたウインドウに、七五三の晴姿の記念写真がズラリと並んでるのに足がとまり、すこし過剰なまで子どもが大事にされる、と思った。土地柄なのかとも考え、加能作次郎の父が、息子を大切にし、とくべつ哀憐をそそぐ人だったことが頭をよぎった。

その日、清水産寧坂で正信偈のお経をあげてから、能登へ出発した。「お経をあげた」というのは特別なことではなく、私は京都で檀家参りを日々とする浄土真宗の僧侶なので、つまりその日は仕事を済ませて旅行に出たというだけなのだが、たまたま檀家の月命日で、産寧坂でお経をあげてから能登へ向かったという、それは期せず加能作次郎の所縁の土地を少年期から幼年期へと地理的にさかのぼるものになっていることに一種の感慨があった。ふだんそんな思いもしない仏縁だとも感じた。

一昨年に少年期を回想した「世の中へ」を読んだとき、それがおおよそ百余年前の京都を描いた小説とは思えない身近さを覚えた。「世の中へ」に描かれた四条界隈から東山清水にかけては、仕事で歩いてまわる地域とも重なり、地名や通り名など土地の様子は把握しやすい。それに坊主は百年一日のような職業のためなのか、ある部分では時間のブレがないような気さえした。考えれば奇妙なことである。小説の世界を、じっさい歩く風景のまま、そこにいるように読むことができた。

これから能登へ旅立つ由を、檀家のお祖母さんに告げると「へぇ、そうどすか。気ぃつけて行ってきておくれやすや」と親切に送られた。陶器屋の店先をおもてに産寧坂を見下ろすと、年少のひょろっとした加能作次郎が先に石段を降りていった気がしたものだが、それはいま「世の中へ」を読み直していての想像である。

すぐ眼の下は深い谷になつて、東山の一部がその向うに高く見上げられた。高田派の本山なる興正寺別院の甍がそこの中腹の深い樹立の中に光つて居た。手前の谷底の様なところには、××といふ名高い陶器窯があつて、そこから立ち昇る煙が、夕暮の山の裾にたなびいて居たりした。眼を転ずると、八坂の塔が眼の前に高く晴れた冬空に聳えて居て、その辺からずつと向うに、四條あたりの街の一部が遠く望まれた。夜など灯がちらちらと藪の間などから星の様に閃いて居るのが見られた。

「世の中へ」(『世の中へ』櫻井書店/昭和十六年)

加能作次郎は十三のとき、京都の伯父をたよりに能登の漁村からたったひとり上京した。明治三十一年、西暦では十九世紀も押しつまったころのことだ。加能作次郎の父はもともと京都の生まれだが、どういう事情でか、ごく幼いとき北国の海に引きとられ、漁師として生涯をおくった。明治十八(一八八五)年、作次郎はその長男に生まれる。母とは生まれた年(翌年とも言われる)に死別し、彼は継母に育てられ、京都に出るまでは漁師の子として送った。父は気が弱く、やさしい人だった。継子あつかいされる息子をいつもかばって大事にした。善良な継母は、母として作次郎のいじけたような継子根性には手を焼いた。

子供心に家庭の事情を察し、加能少年は期待と不安のなか田舎を飛びだす。しかし、少年は京都の伯父のもとで、不如意にも決められていたように丁稚となり、そのつもりでいた進学などという希望は泡と消えた。「世の中へ」は、はじめて世間の波にもまれた少年期の苦境を描いている。

加能作次郎が生まれたのは富来町（現志賀町）西海風戸《さいかいふと》という漁村である。このあたりの中心地となる富来からは西に四キロほどはずれている。

羽咋から富来までは海岸伝いにバスで小一時間ほど。富来に入る手前は断崖続きで昔は難所だったという。「生神」と書いて「うるかみ」と読むとあとで教えられた、そんな地名を冠するトンネルを抜けると富来に着いた。秋とはいえ昼に出発し、もう日が落ちているのだから、やはり遠い僻地に来たのだと思う。バス停を降りると、暗い家並みのなか宿を探した。

富来といふ所は、一寸面白い、情趣に富んだ町である。戸数五六百に足らない小さな町であるが、近郷七八ヶ村の中枢で、その地方唯一の『都』である。新しく開けた町のやうな上つ調子な俗悪な繁華さなどがなく、如何にもきちんと整つた、古めかしい一種頽廃的な空気さへ漂つて居るやうな静かな落着いた、そして何となく裕かな感じのする町である。

「能登の西海岸」

大正十二年に書かれた富来の様子は、いまもそう変わらない。変わったのかもしれないが、落ちついた、しっかりとした町並だった。加能作次郎が帰省するたび、在所の人と交わした「息災ね御座ったかいね」という、穏やかな挨拶で迎えられたようだ。昔の商人宿という旅館に、その晩は泊まった。泊まり客は私ひとりである。

明日は風戸の加能作次郎の生家や文学碑を訪ねると、宿のご主人と奥さんからいろいろ話をうかがった。東京出身という奥さんの、富来祭りの話はおもしろかった。加能作次郎の処女作「恭三の父」にも出てくる祭りだった。そのとき記したメモがある。

・八朔祭礼、異名クジリ（お触り）祭り
・ミコシをよっぱらいながらかつぐ
・人がみていると威勢いいが、そうでないときはだらけてしまう
・村人が酔いつぶれ行方不明になる
・朝、さわいだ人のお金がよく拾えた

メモは晩酌の合間に採ったのでやや偏りもあるが、素朴ないちど訪れてみたいような祭礼である。九月一日（旧暦八月一日）、八朔の前夜に「お旅」という八幡の神輿の渡御が行われるそうだ。

祭の夜ともなると、加能作次郎の父は町へ見物にでかけたきり家に戻らず、足元が危ないほどに酔って帰った。「恭三の父」また「父の生涯」は、その「寂しい様な悲しい様な哀れな父」の姿をスケッチしている。

それは息子の六つか七つ位の頃のことだつた。ある年の富来祭に、父に連れられて見に行つたが、父は到る所に飲まされてすつかり酔つて了つた。そして帰りには日もとつぷり暮れて了つて、連れもなくなつてゐたが、その時父は息子を肩車に乗せたまま、月もない暗い夜の浜路をただ一人、仄かに白い砂明りをたよりに、足元も危くよろめきよろめき、この二つのオッペケペを交互に繰返し繰返し歌ひ続けて来たものだつた。

「父の生涯」(『乳の匂ひ』牧野書店/昭和十六年)

二つのオッペケペは日清戦争のころ流行ったものだ。歌うでもなく、調子をつけて読めばいい。「〽山高帽子が流行して、禿げた頭が便利だね。アラ、オッペケペ、オッペケペ、オッペケペッポ、ペッポッポ」「〽西洋眼鏡が流行して、近眼のお方が便利だね。……」

小説のタイプとして「ほろり型」と言われるのは、人情に流された軽いものと受けとられやすい。大正時代、広津和郎の作品をして、「ほろり型」というような評語が出来たらしい。それは『現代日本小説体系38』（河出書房／昭和三十一年）の解説に書かれていたことで、この巻所収の一篇として私は「世の中へ」を読んだ。「新現実主義」という日本文学史上の分類で、主に大正期の作家が収められた一冊である。解説には加能作次郎は二代目自然主義作家であり「解放を求める立場から現実と対決するというような意識は、ほとんど持ち合わせていなかった」（片岡良一）と記される。「平凡な日常生活を人情的に処理」する彼は「ほろり型」の作家となるらしい。確かに私は加能作次郎を読んでほろりとする。「ほろり型」が現実と対決する「意欲とは縁遠い」と言われ、それが「新現実主義」というものだと言うのなら、そのような文学に惹かれてしまう私は、現実逃避派なのかしらと、解説を読みながら首肯いてしまった。

「世の中へ」では加能作次郎の少年期の苦しく寂しい境遇が、いま読んでもドラマチックに描かれている。ときに息をのむような事件も出来すれば、読んでいることを忘れて惹きこまれもした。「その翌る日から私はもう丁稚であつた」みたいな展開や、四十代なのに上下の歯もなく、痩せて骸骨みたいな伯父が暴君のようにふるまう姿などグロテスクと言っていいのだけれど、そうしたことが突飛でも凄惨でも陰鬱でも執拗でもなく、不思議と重苦しさに染まらないところが加能作次郎の小説にはあり、それがユーモアとも違っておもしろい。なにか人生に対する楽観のようなものが流れていて、寝床のなか、ひとり世の中へ放りだされ「何だか恐しい様であつたが、また一面には楽しいやうな気がせぬでもなかった。胸が烈しく波打つて居た」と、誰にも不安を忘れようと（ほんとうは大した不安でないにせよ）そのように布団をかぶったことはあるみたいな共感があった。

「自分自身の片隅で、自分自身の声に耳を傾けながら、恰も靴屋が靴を作るやうに、こつこつと自分の身に適つた作品の製作に精進してゐる外はなかつた」（『乳の匂ひ』序）とひとり言する小説家の片隅を私たちは覗きみて、覗きこんでいる私たち自身の片隅をいつのまにかそこに宿らせている。どうもそんなときにほろりとし、ほろりとできる風通しのよさが、この小説家の片隅にはある。

父と息子の歩いた浜を自転車で走った。夏のように青い海。海に囲まれた細長い半島は、陸とつながっているよりずっと海につながっている。同じように加能作次郎の背景には海がひろがっている。加能作次郎の海の感じ方は、十三で能登を離れるまで漁師になるものとして送られ、そのことによって育まれた。海のない土地に生まれた私にはわからない、いまから海辺に住んだとしても身につくことはないような、海そのものを想像力とする理解が、海に生きる人たちには自然とされてきた。加能作次郎は、「わたし」を探るように、海について考えている。

私の全精神は海中十四五尋の深所に注がれてゐる。ぢつと心を澄まし眼を瞠はつてゐるとその深い底までも見え透くやうな気がする、――重い鉛の錘が燐光のやうに光を放つて、それから三四尺先きに針を包んだ餌が、ふわつふわつと潮のまにまに流れたり浮いたりしてゐるとそこへ二尺にもあまる様な大鯖が、つつッと通りかかつて、ふとピカピカ光る錘に眼をつけ、暫く鰭を休めて様子を覗つてゐる、と、つひ鼻の先を美味さうに餌が漂つて来る。一寸ためらひながら半ば口を開いて啄いて見る――

「海に関する断片」(『文章世界』大正八年八月)

目の前に漠然とひろがる風景を描写するのとちがい、自分自身の心中の片隅に糸を垂れ、指先に伝わる魚信を確かめるかのように、加能作次郎の筆致は、風景の奥底にひろがるもうひとつの風景を、心象といっていい部分で手繰りよせる。

くりかえすが十三の夏、加能作次郎は小さな漁舟に乗りこんで「故郷の山河に別れ」を告げて京都へと向かった。「世の中へ」の離郷の叙景は美しい。入江を出て舟が村を遠ざかるにしたがい、沖からふりかえる故郷の家々は「まるで小石を摑んで置いた様」に正午の陽を受け、「小ぢんまりとした美しい画」のように記憶された。加能作次郎は風景画のように故郷を眺めるが、そこに点景となる自分の家をクローズアップし、家のなかの様子を手にとるように描きだす。

私の眼には先ず自分の家が指点された。私は誰も居ない空つぽの家の中を思つた。どの部屋もの光景《ありさま》が隅々までありありと見えた。広間の、夏は塞いである炉の蓋の上に子猫が眠つて居るのまで見えた。此の閑かな空つぽの家を、奥の間の仏壇が留守して居る様に思われた。私の眼には仏壇の扉の開かれて居る様も見えた、中扉の青い紗を透して一番奥の掛軸の阿弥陀如来の像や、その前に供えた御飯や、花瓶《けびょう》や、亀の上に鶴の乗つて居る蠟燭立てや、輪燈やが眼に入つた。それらの真鍮製の仏具は、つい二三日前お盆だといふので私が磨いたので、ぴかぴか光つて居る——。

「世の中へ」

家中の風景にズームインした視線は、次には父のものとなっている。寺で説教を聞いている父は、折々うしろをふり向いて海を眺める。

……私は父が御堂から抜け出て、縁側に立ちながら此の舟の帆影を眺めて居はしないかと思つた。

『お、今出て行くわい。それでも凪で好かつた。』

こう呟きながら空模様を見上げて居る。瞳をこらすとその姿が見える様な気がした。

このように加能作次郎は、風景を一幅の風景画のように描出し、思い出をそのなかに封じこめる。読者は眼をこらし、その細部を覗きこむ。すると、向こうからこちらを見つめる視線――父の視線――とはち合わせしてハッとしたり、さらに視線はズームアウトして全ての光景――年少の加能作次郎を乗せる舟をも添景とした――を見渡している広々した視点に立っていたりする。書いている加能作次郎も読んでいる私たちも、いつのまにか重層的な風景の関係のなかにおかれるようだ。見ることと見られること、海と陸と空。

人気のない午後の漁港を過ぎると坂となり、登りきったところに木立に囲われるうすぐらい一区画があって、大きな自然石が配されていた。

人は誰でも

その生涯の中に
一度位自分で
自分を幸福に
思ふ時期を持つ
　ものである
　　作次郎

と刻したのと、加能作次郎の略伝が記された二つの碑が並んでいた。昭和二十七年八月五日、加能作次郎の没後十一年の祥月命日に二つの碑の除幕式があった。多くの村人が集まり、そのなかには加能作次郎の小説に登場する人の姿があったという。彼らはすでに七十歳か、八十歳に近かった。朝から蒸しあつく、俄雨のする日だと宇野浩二は記している。

加能の文学碑の除幕式に、殆んど全部の村の人たちが集まつて来る、なるほど、加能の故郷の人たちは、漁夫の子であつた加能を、景慕し、敬慕し、傾慕してゐるのに、私は、いたく心を打たれたからである。

宇野浩二「加能作次郎の一生」（『独断的作家論』文藝春秋新社／昭和三十三年）

加能作次郎は小説のなかに「けいぼ」する故郷の人たちの姿を描き、その描かれた人たちが加能作次郎を心から「けいぼ」している。その光景を眺めて宇野浩二は、感心し心を打たれた。それらはいずれ消えてしまおう過去の一コマだが、ここにひとり訪れている私は、それでも加能作次郎の風景の中に立っていると思った。

人は誰でも…生涯の中に…自分を幸福に

撮った写真をあらためてみると、碑には木洩れ日がさしていた。もう一枚、写真がある。「文学碑前」というバス停の標識柱。文学が、ここでは加能作次郎でしかないような無頓着さがおかしくて撮ったのだ。

海に南面するため対岸の岬とも見える、低くなだらかな能登半島が、地続きにつけ根の方へ伸びていた。晴れた日は、風向きによって遠く白山が姿をあらわすという。土地では白山が見えると、そのとき近海は平穏でも、じきに「下り」という南風が吹き荒れる予兆としてあった。見下ろすと、学校のプールほどの港へと、水面に弧を曳いて漁舟が帰ってきた。

陽はまだ高いが、宿をとった七尾へ出発する時もせまっていた。富来から七尾をむすぶ直行のバスは、聞くと十年近く前に廃されていて、羽咋にひき返してから七尾へ向かわねばならなかった。私は郵便配達夫のように加能作次郎の生家を探しあてた。
切妻屋根の平屋で、潮風を避ける下見板で覆われた家の造りは、このあたりのどの家とも同じ、これといった特徴はない。家は倉庫として使われ、人が住まわなくなり久しい様子だった。道のすみの「加能作次郎生家」という標から、ここが生家だとは納得したが、そこからなにも彷彿としないので、片脇のもの干場を抜けて家の裏手にまわると、表札の掛かった玄関が閉めきられていた。村道に面した側はじつは家の背で、漁師をする加能家の玄関は海の側に開かれていた。車道が通るようになり、その利便を考えたなら、家の正面だろうと裏口のようにならざるを得なかったのか。

古家を買つて建て直したので、勝手に納戸、広間に中の間、それから奥の仏間と、間敷間取りは村のどの家とも同じだが、勿論小さな藁葺きの陋屋だった。場所も村はずれの、後はすぐ畑に続き、海にも遠い場末だった。

「父の生涯」

「父の生涯」は、父とともにあった家の来歴でもある。先にも書いたが、父は京都で生まれ、三歳のとき能登のこの地へ貰われてきた。明治もまえの、まだ幕末であった。二十五のとき別家し、「その時本家《おもや》の婆さまに金二十両貰うて、それでこの家建てて入つた」のが最初の経緯である。加能作次郎が生まれた年（明治十八年）のことで、旧暦二月に作次郎は誕生し、家が完成したのは盆前だったという。母は息子を生んで間もなく死んだ。後妻を取るまで、父は二人の子供（作次郎とその姉）を男手で養った。後妻のあいだには二人の娘、一人の息子。ただ営々と家業に励み、父は七十六年の生涯を閉じている。

父の死の三年後に加能作次郎は「父の生涯」を書いた。その年の年譜には「『父の生涯』のほかは特に執筆もなく」とある。二年後の昭和十六年八月五日、加能作次郎は十数年ぶりとなる創作集『乳の匂ひ』の校正を了えたところで、クルップ性肺炎により急死する。「父の生涯」は『乳の匂ひ』の巻頭に収められている。

「人は誰でもその生涯の中に一度位、自分で自分を幸福に感ずるやうな時期を持つ」とは「父の生涯」の言葉であった。父にとって幸福な時期には多少の普請も叶えられた。「折柄欧洲大戦で、好景気の余波がそんな田舎へも及んで来て、魚の値上りや何かで金廻りがよくなる、ところへ、息子からちよいちよい送金してくれるやうになるといつた工合で、五六年の間には、家も幾らか建て拡げ、屋根も瓦に葺き替へ、小さいながらも、自分一代の中にはと年来の宿願としてゐた土蔵も一棟新築することが出来た。」そのころ東京の息子は、小説家としてモノに成っていた。「併しさうした幸福も長くは続かなかつた。」あるとき、事業に失敗した弟息子に全ての家督を譲渡する危局がもちあがる。好きな酒代にもこと欠いた。才知もなく、朝から老いた身を海や畑へ運んで実直に働くだけだった。すでに息子の小説も時代遅れに思われていた。やがて父は「納戸の、仏間寄りに敷かれた穢い木綿のボロ蒲団の上」で寂しく息をひきとる。死の間際にかけつけた五十過ぎの息子を、父は強く抱きしめた。

私は生家をあとにした。倉庫となり、閉めきられた生家の外からは、中の様子はなにもうかがい知れなかった。

小田原散歩——川崎長太郎

数年前、小田原に行ったとき撮った写真で、どこがどういいと言われると困ってしまうが、気にいっている一枚がある。ぼくはそれを写真屋で絵ハガキにまでしたのだけれど、結局だれにも送らず抽斗に仕舞ったままになっている。

小田原の海岸に近い漁師町、その家々が密集した南側を、コンクリートの防波堤が通っている。昔は防波堤に登ると太平洋が望めたのであろうが、今は海岸線沿いに走るバイパスに遮られ、波打ち際に出たければそのバイパスの真下をくぐらなければならない。その防波堤とバイパスとに挟まれて、細長く続いている人気のない空き地が、ぼくの撮った写真の場所である。そして、この防波堤の内側の漁師町には、かつて川崎長太郎が住んでいた。

川崎長太郎はこの写真を撮った場所からほど近い網置小舎に長年寝起きし、小説を書いていた。小舎のあった場所には今、石碑が立っている。碑には小説の一節が刻まれていて、多分「抹香町」の冒頭の一節だったと思う。

このところ、十余年、屋根もぐるりもトタン一式の、吹き降りの日には、寝てゐる顔に、雨水のかかるやうな物置小舎に暮し、いまだに、ビール箱を机代りに、読んだり書いたりしてゐる。

「抹香町」（一九五〇年）

こんな一文が立派な石に刻まれているのが、ちょっと可笑しかった。

川崎長太郎の小説は仕舞までひたすら辛抱してつきあわねばならない話の機微を持つ。しかし、それは読み応えともいう。読み終えたあと、なにげない細部が鮮やかに思いかえされよう。彼の文章の真骨頂は一節一節を丁寧に読むなかにある。

美しい風景は、彼女の頭を軽くするのに十分利き目があるやうで、私にはそれが有難いのであつた。二人は買つて来たパンや林檎を静かに喰べた。終ると背中の所に紙を敷いて暫く眠り、陽が少し西に廻つてから、私の方が先きに起きてしまつた。傍のキモノやなにかと不釣合な草履を穿いたなり、顔によごれたハンカチを載せ、腐つたやうな鼾をたてて居る民江に目をやれば、これから二人が辿つて行く先々の事が胸につかへて来る。

「隻脚」（一九三三年）

8ミリカメラを持って旅行の記録を撮ったことがある。コートのポケットに入るくらいコンパクトなカメラを古モノで見つけ、景色など撮るのが楽しく、ときどき持ち歩いていた。8ミリのフィルムは一本でたった三分間しか撮影できない。だからロングカットを節約し、ショートカットばかり撮っていた。音声もなく数秒おきに場面の変わるせわしのない記録である。編集もしないから人に見せられるシロモノでないが、自分で見るぶんは、とても筋が通っていた。ワンカット、ワンカットが、旅のエッセンスを確実に捉えている。そこからは自分のした思考まで再現されるのだった。

初夏の雲一つなく晴れ上った好天気で、海中へ細長くのびた三浦半島も、なだらかに起伏する若葉に色どられた伊豆半島もくっきり見渡せ、鷗が五、六羽群がり、翼も軽く青いうねりとたわむれたりしている。明るいあたりの景色に、佇むS子はひと際不吉な点景人物然とうつりがちであった。

日灼けした黒いジャンバー、コール天のズボンに相変わらずの下駄ばきで、私は海岸へ下り、ザクザク砂浜を歩いて行った。

「鷗」(一九八二年)

川崎長太郎という人は、8ミリフィルムで撮ったような日常のショートカットを記憶のなかに無数持っていて、それを小説化しているような気がするのだ。それも大がかりな16ミリカメラなどでなく、コートのポケットにつっこめる8ミリカメラで、思ったときピストルを抜くようにして撮った映像をである。

しかし、カメラで撮られた写真、映像を文章化することはなみ大抵でない。画面に映りこむいろいろなものを仔細に観察し、言葉に移してゆく作業がある。文章をありのままに近づけようとすればするだけ、言葉はつけ足され、細分化してゆくだろう。まして記憶の底から映像を拾ってくるのだからひとかたならない。

小田原の文学館に川崎長太郎の自筆原稿が展示されていた。その文章はいたるところ吹き出しならぬ「吹き込み」と呼びたくなるような囲いで言葉が挿入されており、棒線で何箇所も訂正されていた。挿入した一文にさらに吹き込みがついていたり、訂正して書きかえられた言葉がふたたび棒線で消されたりしている。彼は、小説を書くという作業より、それを手直しするという仕事にうんと時間をかけたという。彼は「ありのまま」を小説に書くことを徹底的にやってのけていた。

＊

加藤典洋さんが川崎長太郎の小説を次のように語っている。

川崎の「私」の内部《なか》から、小さなぼく達が、外界をのぞき見るようにしてここに語られるコトガラを見ている。

「ありのままの極北」(『批評へ』／弓立社／一九八七年)

小田原を歩いた日、ぼくは川崎長太郎の視線を借りて、潮の匂いのする露地や露地をさまよった。目に映るものはすべて川崎長太郎的である。バイパスの下をくぐって波打ち際に出ると、波は背丈を越すくらい高くうち寄せていた。その大きな波を飽くことなく眺めていると、頭のなかの8ミリカメラがカタカタと音をたてているようだった。むこうの方で爪を無心にあげる二人がいた。一人のルンペンがやはり波打ち際に来ていて、口を泡だらけに歯を磨いているのを見た。海上には暗い雲が垂れこめている。ぼくも歯を磨きたくなった。

生来人みしりも強い私は、行かない先に顔から火が出るやうで、坂路をどうしても登りにくいのであつた。さう云ふ卑屈に甘つたれた自己陶酔をいいつもりでは居ない迄もその殻を踏み潰す力にまだ缺けて居た。

「路草」（一九三四年）

ぼくは同じような自己陶酔のなかで、あてなく川崎長太郎の故郷を歩きたかった。一枚のあの写真は、そのときのぼくの雰囲気を映してもいるが、同時に川崎長太郎の目を通じてのぞいた風景でもあるようだ。

ぼくは川崎長太郎の文学散歩をしたにすぎない。小説が道先案内人で、ぼくは小説の舞台にまぎれ込んだ気になり、ただあなたまかせな追体験をしていただけである。こうした体験は悪くはない。しかし思うことは、それだけではいつまでたっても、ひとりの文学者の「私」の内部からのぞく「小さなぼく達」に留まってなければならないということだ。

ぼくは、自分の視線がどこにあったか、もいちど川崎長太郎の小説をかいくぐり、探しださねばならない。

墓まいり

「長太郎さんはね、おすばな人でした」

と、無量寺の住職、小島章見さんは川崎長太郎さんの人柄を「おすば」ということばで言いあらわした。「おすばとは？」と聞くと、置きかえる言葉がないのか少し考えて「引っこみ思案というのでしょう」と教えてくださった。「おすば」という小田原言葉が川崎さんにピッタリくるようで、その言葉を忘れないように口のなかで繰りかえした。

昨年秋、私は妻の家族とのドライブ旅行で小田原をおとずれた。降りたつ予定はなかったが、熱海から三浦半島への道々小田原を通過するので、わがままを言って義父の運転する車を川崎さんの生家近くへ廻してもらった。その界隈を訪れるのは三度目で、雨も降っていたから、私は川崎さんの暮らした辺りを車で通りぬけるだけで満足するつもりだった。

川崎長太郎が三十代後半から二十年のあいだ住まいとした物置小屋の跡地に「抹香町」の

冒頭を刻んだ文学碑が立っている。

このところ、十余年、屋根もぐるりもトタン一式の、吹き降りの日には、寝てゐる顔に、雨水のかかるやうな物置小舎に暮し、いまだに、ビール箱を机代りに、読んだり書いたりしてゐる。

「抹香町」(一九五〇年)

物置小屋の跡を示して碑が立つのも珍しいが、かつて川崎さんの生家がここにあった。川崎長太郎は一九〇一(明治三十四)年、四代つづく魚屋の長男に生まれた。周辺はもと漁師町で、いまもカマボコ屋、干物を並べる家や、そうした海産物の加工場が見られる。川崎さんの小説では「海岸通り」と出てくるように、太平洋がすぐそこに広がる。ただ現在、海岸に沿って昭和四十年代に建設されたバイパスがあり、その下をくぐらないと波打際にはでられない。バイパスをくぐる手前に高度成長開発の廃残物というか、無用となった防波堤が並行し、それがなかなかうち寂れた感じの風景なのだ。防波堤に沿って歩いていると川崎さんの寓居を思わせる大小の小屋が見かけられ、屋根もぐるりも青や緑のペンキ色した古トタンに貼りあわされた、ちょっとセザンヌが描きそうな量感がある。ある意味、漁村の貧しい景色だが、目にはとても豊かなことを小田原を歩くとき、いつも思う。

　川崎長太郎の文学散歩は、所縁の場所を点として訪れるより、町を歩きまわるほうがよい。川崎さんは雨の日以外は午前中、勝手気ままに歩くことを欠かさなかった。散歩コースは幾通りもあり「町中の大通り、裏通り、近在の田圃、丘、海岸、海沿いの路、鼻の向いた方角」に歩いていく。友人から「散歩人」と呼ばれたり、自身「歩くゆえに我あり」などと嘯いたりするほどで、川崎さんの小説は歩行者のリズムによって形づけられる。

　と、まぁその日は雨だったので、文学散歩といって無量寺を訪問できたのもなりゆきまかせというか、海岸通りを徐行していると電柱に「無量寺→」という表示を見つけ、お義父さんに「ここ、ここ」と奥まる露地に左折してもらった。寺の名は川崎さんの小説にたびたび登場し、漁師町だった地元の菩提寺として川崎家の墓も代々からそこにあるはずだった。

広々とした境内に本堂を挟んで両側に墓地がある。玄関で来意をつげると、しばらくして現われたのが老住職の小島さんで「川崎さんの墓参ですか」と言うなりツッカケを履いて傘を片手に表へ誘ってくださった。私たちは、住職に従ってトタン屋根をかぶせた本堂の西側にまわりこみ、大小さまざまな墓の並ぶいちばん手前の列、何基めかで「これが川崎さんのお墓です」と示された。

　墓碑は「先祖代々之墓」、基壇に「川崎」と大きく刻まれていた。川崎家代々の魚屋「太次兵衛」に由来する「〈」をかぶせる「太」の字の屋号も見える。側面にまわってそこに「昭和九年十一月二十日建立／川崎長太郎／同　政次」と見つけたときは、その年号とともに幾つもの場面が頭をよぎった。政次さんは川崎さんが家を出てしまったので代りに魚屋の跡を継いだ弟さん。この墓は昭和八年の年末、父太三郎さんが亡くなったのを機に建てられたのだろう。そして反対の面にこの墓に納骨された川崎家の人たちの法名が並んでいる。が、そこに長太郎さんの名が見当らないのが不審だった。

母の三十三回忌法要の模様を記した「墓まいり」（一九七七年）という一篇に、この墓のことが川崎さんの目でちゃんと描写されている。

周りをコンクリートで固め、一坪ばかりのところへ土盛《ども》りをし、同じ黒ずんだ灰色の根府川石を二段下敷にして、その上へ立つ長方形の一メートルに足りない墓標の正面には、紋章の下へ、先祖代々の墓と彫ってあり、両脇に父母の戒名も小さく刻まれている。裏側には建立した年月日と一緒に、私達二人きりの兄弟の姓名も記してあった。

「墓まいり」

私など撮ってきた墓の写真を見ているにもかかわらず大ざっぱにしか書けていないが、川崎さんの描写は的確なことに驚く。余計なことだが文中「裏側」が「向って左側面」だと、私は写真により訂正するだけである。移りゆく眼の動きがカメラアイさながら、入念に映るものを見落とさず、そのまま句点の少ない独特の文体のなかに転写される。川崎さんの作品に、私は8ミリフィルムに撮られた日常のショートカットをつなぎあわせる印象をもち、女性とのやりとりも、家族の話題も、スクリーンに映しだした無言の映像のように見える。それは美しい映像というのではなく、ときにブレたりピンがあまかったりするのだが、対象のブレやピンぼけ現象さえ、そのまま文章化している。川崎さんは晩年、眼を悪くしたが、失明することをひどく怖れていた。川崎さんの独特の文体の秘密は眼にある。

*

墓参をすまし小島さんは、せっかく来たのだから「おあがんなさい」と座敷に通してくださった。私たち――そう妻とそのご両親もすっかり川崎さんの墓参にきた親族といったふうで――お茶と菓子をすすめられた。お義母さんがこれから会いにいく親戚への土産である最中を御供養に差しだしたりして、座は川崎さんの回顧談となった。小島さんは一九一九（大正八）年生まれ、僧衣ではなくワイシャツにサスペンダーをした校長先生といった出でたちで、老眼鏡の奥につぶらな眼をしたお爺さんである。

小島さんは書庫から川崎さんの著作を持ってきて机に積まれた。すこし私は昂奮してそれを手にとった。昭和十四年砂子屋書房から上梓した『裸木』はじめ、脳出血で右半身不随となってから記された震えた字の署名本もあった。それらの本は小島さんが長年、古書目録などで川崎さんの著書をみつけるたび注文して取り寄せたものだという。まだ古本屋の値札の帯が表紙にまかれたままの本もあり、いまよりずっと安い値がついていた。

川崎さんが無量寺の檀家の中でただ一人の文士で、この漁師町の誇りなのだから、もし川崎さんについてたずねてくる人がいて、なにも知らないのでは申し訳ないと思って著作を集めだしたという。嬉しいことにと言うか、意外だったのは「あなたがそうして川崎さんをたずねてきてくれた最初ですよ」と言われた。積まれた本をまえに川崎さんの人柄について聞き、「おすば」という言葉を知った。「自分を売りこまない。書くことを拒否するのではなく、書きたい気持ちを押さえて書く」という小島さんの言葉を私はメモしている。

御歳八十二の小島さんのしゃべり方は、川崎さんの持病を昔風に「中気」と言うなど、ふと川崎長太郎の小説の中に居るような気がした。

「墓まいり」には私たちが通されたお座敷の様子も描かれている。

南側の障子もあけはなしにしてある八畳を、海からの微風が吹きぬけ、扇風機もうちわもいらない位涼しい。接待のコーラもでた。
私と甥は、内庭に近い縁側よりへ胡坐をかき、私だけ座椅子へもたれかかるみたい、紙障子のへりに背中をおっつけていた。そんな上半身の支えがなければ、満足に膝を崩し坐ってもおられない、ヒビの入った体であった。

「墓まいり」

小島さんの話では、南側に面した内庭は、むかしは海までそのままずっとつづいていた。夏、子どもだった小島さんは縁側から庭を抜け海にむかって走りだし、陽に灼けた砂の表面があまりに熱いときは、立ち止まって砂に足をうずめることで熱を冷ましたという。
防波堤の向う側を通る、バイパスへのこった車の排ガスが、海からの風にはこばれ、樹木を夜となく昼となく痛めつけるせいか、内庭を抱くようにした背の低い松も、ひとしなみ葉が赤く枯れかかっており、色の悪いつつじまで枝ぶりをぐったり垂れ気味であった。

「墓まいり」

この短篇は一九七七年に書かれたが、そのころから比べると、いまは内庭の庭木もいくぶん元気を取りもどしているようだが、バイパスの防音壁を越えてときどき雨を斬るトラックの轟音がひびく。雑種犬が一匹、庭につながれていた。

＊

私が川崎家のお墓に長太郎さんの名がないことをたずねると、小島さんは過去帳を引いて川崎さんのお墓が西丹沢の富士霊園にあることを教えてくれた。過去帳をのぞくと釋何某という法名もなくただ「川崎長太郎」とあるだけだった。

富士霊園に墓がありながら無量寺の墓のほうを慕った川崎さんの文章があるのを最近になり読んだ。「日没前」という晩年を意識した回想記である。

年々維持費を払っている富士霊園へは、なんかしっくりしない抵抗を感じ、自分の墓を見にゆく気がまだしていなかった。近頃亡き肉親を、特に物置小屋での独り寝の夢枕に立ってやるといったりしていた母をよく夢にみるようになり、無量寺にある根府川石の墓標へ、無意識にうしろ髪をひっぱられているのか。

「日没前」（一九七七年）

小島さんは富士霊園に行きなさいと薦めてくださったが、この文を読むまでもなく私はもう無量寺にきただけで充分、川崎さんの墓参ができたような気がしている。

…私の眼の中を食ひいるやうに見上げたり「わたしだつて本当に辛いんだよ。こんな体ぢや生きてる空はないんだよ。一日も早く無量寺に行きたい。お父つあんの命日に死にたい。今思へばこんなうき目をみないだけ早く死んだお父つあんの方が仕合せだつた」と消え入るやうな眼色をしたり…

「落穂」（一九四三年）

「妻子も家もない身軽さ、魚が水を慕ふやうに私は永住の下心で故郷へ帰つた」ばかりの川崎さんが脳溢血に寝込んだお母さんを看病する、肉親ならあまり書きたくないことも切々と物語られたこの短篇を、私は川崎作品のなかで一等最初に読んだのだった。あまりの読みにくさに途中で何度も居眠りしたことを覚えている。そんな読み方をしたにもかかわらず、お母さんの切実な目や無量寺という名が頭に焼きついていた。

＊

墓参をすませたゆきずりの旅行者家族にもかかわらず小島さんは、まるで檀家を迎えるように親切に応対してくださり、辞するとき菓子折りまで添えてくださった。笹で梅味のゼリーを包んだ小田原銘菓である。これがとてもおいしくて、家族のあいだで評判となった。

小島さんは私が川崎さんのことを書いたら読ませてくださいと、やさしく見送ってくださった。

あとがき

風邪をひいて微熱に寝つけずぼんやりとしていたら、永田助太郎の「アフリカ」を思いだした。長い肺結核療養のなかで書かれた一篇である。

熱気のこもる
この額
ひろくもあらぬアフリカの
小皺の陰に
獅子が住む

三十七度の体温が
午後には狂ふ
この苦悩
こんなに黄色い舌のこけ
してまた瘴気のたゆたつた
草原帯のわきのした
夜風に冷えて
地汗かく

ああ植民地
多病多感なアフリカ

風邪と似て、熱に身体がバラバラになってしまうような感覚は小康状態の肺結核にもあるのだろうか。どれだけ額に知恵を集めようとしても、熱に苛まれ奇妙な夢ばかり見てしまう。昨日も泥のなか楽隊が行進する夢を見た。クラリネットに泥がつまって、いくら吹いても音なんてでもしない（実際には吹けやしないクラリネットをわたしは吹いていた）。

自分の身体が未知の存在となり、額に寄せられた理性の力では制御のきかない身体感情を「アフリカ」はあらわしている。また、ここに永田助太郎のモダニズム詩の萌芽を見てとり、ヨーロッパ（モダニティ）と対置するアフリカ（闇黒）が描かれているとも評せる。でも、そうした解釈、健康な人間がこの詩を読んでするものだなと、いま私自身の「三十七度の体温」が教えた。

腋の下に草原があり、額の小皺の陰にはライオンがひそんでいる。この詩は肺病に侵された身体を、外から俯瞰するように地理的に眺めている。孤独で悲しいような目が天から注がれている。

本書は永田助太郎についての文章から始まる。わたしとしては、まだ続きを書くつもりの文章だったので「これいいから巻頭に持ってくよ」と編集者の中川六平さんに言われて慌てた。でも完成する見込みはなかったのだから、それでよかったのだろう。つけたりに「アフリカ」を引いてみた。

十数年分の雑多な文章を六平さんはあっという間に取捨選択し、目次構成を作った。地理的な采配？　一枚の地図をひろげるように文章を適地に配してくださった。ボマルツォ、浅草、釜ヶ崎、小田原、呉、能登……。それは実際の地名であり、さまざまな所縁の地であり、わたしが腋の下や眉根、舌の上、鼻の中、足の裏などに刻印された土地土地でもある。自分のなかにあって、じつは知らない土地がある。六平さんは「ほら、こんないい場所があるじゃないか」と示してくださった。

そして、この本の装幀は空中線書局の間奈美子さんによる。書物を結晶化したような間さんの造本作品を知るだけに、どのような装いの本となるか楽しみである（身にあわないことも覚悟）。またタイトルにちなんだ写真の使用を快く承諾してくださった小川熙さんに深謝を申しあげます。一九七〇年十月二十七日、当時ローマ在住の小川さんは澁澤龍彦、龍子夫妻をボマルツォに案内された。じつは、これはそのときの写真なのである。

トビラノラビット（扉野良人）

二〇〇八年早春

ユーツなる党派――バット党残照　『彷書月刊』2006年10月号

ボマルツォのどんぐり　『唯一者』４号1999年３月１日刊

III

坪内祐三『靖国』　『sumus』１号1999年９月１日刊

林哲夫『古本デッサン帳』　『舢板』第III期１号2002年３月１日刊

M・J古書簿　『modernjuice』２号1999年３月31日刊

　朝比奈菊雄編『南極新聞　上・中・下』

　森九又『空袋男』

吉仲太造展図録　『sumus』３号2000年５月20日刊

IV

きりん　大阪1948―62　尾崎書房―日本童詩研究会

　京都・山崎書店カタログ「美術雑誌特集号」2006年７月刊

街の律動を捉えて――編集グループＳＵＲＥの本

　『瓦版なまず』第２期・第３号（通巻20号）2006年10月７日刊

『山羊の歌』の作り方　『sumus』11号2003年１月31日刊

V

中段を見る――小実昌さんの呉

　『ＣＡＢＩＮ』７号2005年３月31日刊

彼、旅するゆえに彼――田畑修一郎

　『ＣＡＢＩＮ』８号2006年３月31日刊

能登へ――加能作次郎　『ＣＡＢＩＮ』９号2007年３月31日刊

小田原散歩――川崎長太郎

　『虚無思想研究』13号1997年５月25日刊

墓まいり　『ＣＡＢＩＮ』５号2003年３月31日刊

初出一覧

I

花さき鳥うたう現実を拾いに——永田助太郎ノート

『ムーンドロップ』9号2007年11月19日刊

寺島珠雄さんの振れ幅　『虚無思想研究』16号2000年7月15日刊

辻潤と浅草　『虚無思想研究』10号1994年11月1日刊

一人称単数カモイヨウコ　『modernjuice』1998年7月30日刊

渡辺武信——ある建築家の住居論　『modernjuice』2001年3月刊

空想の選択——「黄色い本」と「空想家とシナリオ」

『ＣＡＢＩＮ』6号2004年3月31日刊

蝙蝠飛ぶ柳の下にタルホとハルオは出逢ったのか

『ユリイカ』9月増刊号総特集・稲垣足穂　2006年9月25日刊

カメヤマイワオさんからの手紙　『modernjuice』2002年2月刊

II

戦後民主主義の少女と手作り

『modernjuice』2号1999年3月31日刊

ぼくは背広で旅をしない　『sumus』1号1999年9月1日刊

扉野良人（とびらの・よしひと）
一九七一年、京都市に生まれる。多摩美術大学卒業。書物雑誌『sumus』同人。「書評のメルマガ」に「全著快読　梅崎春生を読む」を連載。『modernjuice』、『CABIN』などに寄稿。詩も書くが、本職はお坊さん。

ボマルツォのどんぐり

二〇〇八年四月二〇日初版

著者　扉野良人

発行者　株式会社晶文社

東京都千代田区外神田二－一－一二
電話（〇三）三二五五局四五〇一（代表）・四五〇三（編集）
URL http://www.shobunsha.co.jp

中央精版・美行製本

© 2008 YOSHIHITO Tobirano

Printed in Japan

Ⓡ〈日本複写権センター委託出版物〉本書を無断で複写複製（コピー）することは、著作権法上での例外を除き、禁じられています。本書をコピーされる場合は、事前に日本複写権センター（JRRC）の許諾を受けてください。
JRRC〈http://www.jrrc.or.jp　e-mail: info@jrrc.or.jp　電話：03-3401-2382〉
〈検印廃止〉落丁・乱丁本はお取替えいたします。

好評発売中

古本暮らし　荻原魚雷

散歩といえば古本屋巡礼。心の針がふりきれるような本と出会いたい。だが、ほしい本を前にして悩むのだ。明日の生活費が頭をよぎる。今夜のメニューが浮かんでくる。二品へらそう。気がつくと、目の前の古本を手にしていた。そんな生活が楽しくてうれしい。

だれも買わない本は、だれかが買わなきゃならないんだ　都築響一

僕らには生きて行くエネルギーと勇気が必要だ。だからこそ本を読み、人に会う――。出会えない個性派書店を求めて、全国をさまよう。気がつけば、タイ・バンコクに、台湾にいた。読みたい本だけを全力で追い続けてきた。読書と人生のリアリティに満ちた一冊！

東京読書――少々造園的心情による　坂崎重盛

「趣味は東京」という重盛センセイ。東京を語る本の山を軽やかにスキップする。そこから生まれたのが、この一冊。東京の今昔を愛する人へ。読むと東京の町が楽しくなる。読んで東京を歩くと歴史が伝わってくる。134冊が読む人を夢の世界に運んでくれる。

フライング・ブックス　本とことばと音楽の交差点　山路和広

古本屋＋カフェ＋イベント・スペースの不思議な空間「フライング・ブックス」。東京・渋谷、国内外の本や雑誌が並ぶ店内は、朗読会やライブの日、人があふれる。店主は大手ベンチャー企業からの脱サラ。ボーダーレスな熱い日々を描いたドキュメント作品。

ぼくは本屋のおやじさん　早川義夫

本と本屋が好きではじめたけれど、この商売、はたでみるほどのどかじゃなかった。小さな町の小さな本屋のあるじが綴る書店日記。「素直に語れる心のしなやかさがある。成功の高みから書かれた立志伝には求めがたい光沢が見いだせる」（朝日新聞評）

文庫本を狙え！　坪内祐三

「週刊文春」で好評連載のコラムが一冊になった。文庫本の雑踏の中、毎週一冊を狙って歩く。武田百合子、村上春樹、団鬼六、ベンヤミン、ミラン・クンデラ、竹中労、江藤淳、殿山泰司、中島義道、小林信彦ほか154冊。手にすると、もう眠ることは出来ない。

世の途中から隠されていること――近代日本の記憶　木下直之

広島に建てられた日清戦争の凱旋碑はそのまま平和塔にすり替わり、戦艦三笠は陸にあがりダンスホールとなり、今や記念館と化す。肖像、記念館、造り物、宝物館、見世物の痕跡……忘れられ、書き換えられ、時に埋もれた見えない日本を掘り起こす歴史ルポ。